Doppelt geküsst hält besser

Hortense Ullrich

Doppelt geküsst hält besser

Thienemann

Für Allyssa und Leandra –
und Silke,
die weltbeste Lektorin,
die dank ihres angeborenen Sinns für Humor
(und sicher unter Zuhilfenahme starker Beruhigungs-
mittel)
meine chaotische Arbeitsweise tapfer erträgt.

Dienstag, 7. September

Ich hasse Himbeereis. Seit gestern. Plötzlich hatten sich meine Augen zu kleinen Schlitzen verengt und ein rotes Schachbrettmuster war auf meinem Gesicht erschienen. Hochgradig allergisch, hatte der Arzt diagnostiziert. Klasse, die ganze Clique saß dabei, als ich mich in der Eisdiele in Frankensteins Tochter verwandelte. Nie wieder Himbeereis!

Aber Lucilla war total süß. Sie meinte, das wäre ein Zeichen für besondere Intelligenz. Eine Kusine von ihr würde auf alles Mögliche allergisch reagieren und die hätte einen Intelligenzquotienten von 145. Hach! Da waren die anderen Hühner aber mucksmäuschenstill.

Lucilla ist echt super. Sie ist neu. Kam nach den Sommerferien in unsere Klasse.

Ach, die Sommerferien! Es war sooo toll. Als ich heute vom Amiland erzählte, hörte mir keiner zu. Nur Lucilla war Feuer und Flamme. Als sie dann meine Amerika-Erlebnisse voller Begeisterung nacherzählte, hingen alle an ihren Lippen, fanden es total super und aufregend. Meine Geschichte! Die ich zwei Minuten vorher erzählt und die keinen interessiert hatte!

Ich selbst war allerdings auch völlig fasziniert und zwei-, dreimal unterbrach ich sie sogar: »Im Ernst? Ist ja super!«, weil ich ganz vergessen hatte, dass es meine eigene Geschichte war.

Lucilla war goldig und meinte nur lächelnd: »Du bist echt zu bescheiden, Jojo.«

Als sie fertig war mit ihrem Bericht über meinen Ranch-Aufenthalt in Texas und alle anfingen mich zu bewundern und zu beneiden, passierte die Sache mit dem Himbeereis.

Lucilla hatte vorgeschlagen ein Himbeereis zu bestellen, weil Himbeereis das Eis für Verliebte sei. Also wenn ein Junge ein Mädchen zum Himbeereis einladen würde, wäre das eine todsichere Liebeserklärung. Und wir sollten schon mal üben Himbeereis mit anmutigen Gesten und verklärtem Blick zu essen. Taten wir auch alle eifrig.

Nach ein paar Minuten starrten mich alle an, rückten entsetzt von mir ab und jemand meinte: »Gott, Jojo, wie siehst du denn aus?!«

Mit spitzen Fingern reichte mir Anna ihren kleinen Spiegel und ich dachte, ich dreh durch, als ich mich sah.

Ich ging sofort heim und meine Mutter rannte gleich mit mir zum Arzt.

Meine Mutter ist immer oberbesorgt. Das war

mal wieder eine Geschichte ganz nach ihrem Geschmack. Sie konnte sich um das »Kind« kümmern, sich Sorgen machen – und Vorwürfe. Darin ist sie besonders gut. Wenn bei mir was schief läuft, jammert meine Mutter zunächst mal: »Armes Jojo-Schätzchen«. (Klasse, ich bin dreizehn und hab das Schätzchen-Stadium längst hinter mir gelassen, nur meine Mutter kapiert das nicht). Und dann geht es weiter: »Das ist alles meine Schuld, es tut mir ja so Leid!«

Meine Mutter glaubt, sie sei an allem schuld. Am Ersten Weltkrieg, an der Hungersnot in der Dritten Welt, an einfach allem. Sie glaubt, die Tatsache, dass meine kleine Schwester Filipine (treffend Flippi genannt) und ich ohne Vater aufwachsen, würde bei uns zu allen möglichen Störungen führen. Je nach dem, wie sie drauf ist, gibt sie entweder sich oder unserem Vater die Schuld. Weil er sich vor vielen Jahren verdrückt hat. Sie wälzt Erziehungsratgeber und probiert jede neue Theorie an uns aus. Flippi klagt stets, im Vergleich zu uns hätten Labor-Meerschweinchen das große Los gezogen.

Jedenfalls schleifte meine Mutter mich in die Praxis, stürmte ohne weitere Erklärung ins Sprechzimmer, schob mich vor den Arzt und sagte vorwurfsvoll zu ihm: »Schauen Sie sich mal das Kind an!«

Der Arzt – er kennt meine Mutter – schob das Kind, das er gerade behandelte, vor meine Mutter und parierte mit: »Schauen Sie sich *dieses* Kind an, Frau Sonntag!«

Meine Mutter warf einen kurzen fachmännischen Blick auf das fremde Kind. Da es ausschlagfrei war, entschied sie: »Kein akuter Fall, das sieht in zehn Minuten noch genauso aus. Aber Jojos Ausschlag kann jeden Augenblick verschwinden.«

Der Arzt atmete tief durch. Nachdem ich ihm die Umstände erläutert hatte, unter denen die roten Flecken in meinem Gesicht aufgetaucht waren, machte er das Himbeereis dafür verantwortlich.

Ich war der Meinung, es läge an der Schule. Denn in der Eisdiele hatten wir so viel über die Schule gequatscht. Aber er ließ sich nicht beirren und wollte mir kein Attest geben, das mich von der weiteren Teilnahme am Unterricht befreit hätte. Ich konnte ihm gerade mal einen freien Tag abringen.

Auch meine Mutter war mit der Diagnose nicht zufrieden. Immer wieder fragte sie den Arzt: »Sind Sie wirklich sicher, dass es nicht eine unbewusste Rebellion gegen die Tatsache ist, dass ich allein erziehende Mutter bin? Und dazu noch berufstätig?« Aber sie konnte den Arzt nicht überzeugen und zog etwas unzufrieden mit mir ab.

Auf dem Nachhauseweg murmelte sie ständig: »Ärzte wissen auch nicht alles.«

Gut ist, dass ich morgen zu Hause bleiben darf. Dumm ist, dass meine Mutter jetzt wieder ihre

Schlechtes-Gewissen-Nummer abzieht. Das bedeutet, dass sie ständig neben mir hockt und vor sich hin jammert, wie Leid ihr alles täte. Meine Aufgabe ist es dann, ihr zu versichern, dass sie weder Fehler macht noch an irgendetwas schuld ist. Und dass ich sowieso mit niemandem auf der Welt tauschen möchte.

Letzteres stimmt übrigens. Ich will wirklich mit niemandem tauschen. Mein Leben ist zwar ziemlich chaotisch und wirklich verbesserungsbedürftig, aber inzwischen hab ich das meiste mit Mühe und Not einigermaßen in den Griff bekommen. Wenn ich tauschen würde, müsste ich ja noch mal von vorne anfangen. Denn ehrlich gesagt, ich denke mal, so superduperoberklasse geht's niemandem. Zumindest nicht jeden Tag. Und schon gar nicht, wenn man ein Teenager ist. Ich hab immer mehr das Gefühl, das ist vom Leben auch gar nicht anders vorgesehen.

Also, morgen habe ich einen freien Tag!

Vielleicht schreibe ich einen Brief an Lukas. Ach, Lukas! Es war sooo toll mit ihm. Eigentlich wollte ich Lucilla und den anderen brühwarm alles von ihm erzählen. Aber irgendwie hab ich es dann doch nicht gemacht. Hab von Jim, dem Cowboy, berichtet, dessen Ranch ich gerettet habe, und von Hector, der unsterblich in mich verliebt war, den ich aber abblitzen ließ (dass er erst zehn war, hab ich verschwiegen, tut ja nichts zur Sache).

Aber immer wenn ich von Lukas erzählen wollte, hab ich's dann doch im letzten Moment sein gelassen. Wegen Justus. Weil ja alle noch vom Idealpaar Jojo und Justus reden und sich erkundigen, wie es ihm geht und wie ich es verkrafte, dass er weggezogen ist und so weiter.

War mir irgendwie etwas unangenehm, dass alle dachten, ich wäre noch mit Justus befreundet, und alle mich trösteten, von wegen: »Ach du Arme, ohne deinen Liebsten! Das muss ja schrecklich sein. Ist dein Liebeskummer sehr schlimm?«

Deshalb sagte ich nur: »Geht so. Liebeskummer lohnt sich. Also, irgendwie.« Denn ich wollte nicht zugeben, dass ich ja sozusagen gleich wieder Ersatz gefunden hatte. War alles noch zu frisch mit Justus.

Ich meine, genau genommen ist es schon eine Sensation: Ich lerne Justus kennen, wir verlieben uns, küssen uns – und er zieht weg. Ich volle Kanne Liebeskummer, leide, was das Zeug hält. Meine Mutter schickt mich zur Erholung nach Paris. Ich denke »Frankreich!«, pauke Vokabeln und – der Flieger landet in Texas. Schöne Pleite, dachte ich zuerst. Ist ja Irreführung unschuldiger Touristen, wenn die in Texas eine völlig öde, eingeschlafene Kleinstadt einfach »Paris« nennen. Aber bitte. Wurde ja doch noch alles superspitzenmäßig. Jedenfalls traf ich schon im Flieger Lukas und verknallte mich in ihn. Lukas tauchte per Zufall auch auf der Ranch auf, wo ich wohnte, und – alles in

Butter. Wir verliebten uns, wir küssten uns, Friede, Freude, Eierkuchen.

Das einzig Blöde ist, dass Lukas nicht hier wohnt. Damit bin ich keinen Deut besser dran als mit Justus. Aber da die anderen mich noch wegen Justus bedauern, kann ich denen nicht gleich den nächsten Jungen servieren.

Genau besehen bedauern die Hühner mich auch erst, seit Lucilla aus der Justus-Sache so ein schnulziges Drama gemacht hat und theatralisch verkündete: »Mein Gott, Jojo, du bist das Opfer einer großen Liebe, das muss so bitter für dich sein!« Wenn Lucilla dann die Geschichte von Justus, der »Liebe meines Lebens« ausschmückt, kommen selbst mir jedes Mal wieder die Tränen.

Ich hätte Lucilla ja gar nichts davon erzählt. Wozu auch, ist eh vorbei. Aber die Hühner aus meiner Klasse konnten ihre Klappe nicht halten. Da in ihrem Leben nichts Aufregendes passiert, erzählten sie Lucilla eben mein Leben. Eigentlich wollten sie über mich lästern und sich lustig machen, aber als Lucilla das voll cool fand, taten sie schnell so, als fänden sie auch alles toll.

Lucilla kümmerte sich dann sofort um mich und meinte, ich bräuchte jetzt etwas moralische Unterstützung, eine gute Freundin, die mir hilft diese schwere Zeit zu überstehen, und vor allem Ablenkung.

Dafür sorgt sie. Täglich verabredet sie Treffen mit allen Mädels in der Eisdiele und gibt ein neues Jojo-Befindlichkeits-Bulletin raus. Es nervt mich zwar etwas, aber Lucilla meint es ja nicht böse. Sie ist echt süß zu mir. Das ist halt ihre Art.

Aber ich bin froh, dass sie von Lukas nichts weiß. Sie würde garantiert ausflippen vor Aufregung. Alles in meinem Leben regt sie nämlich auf und nimmt sie mit. Wie sagt sie immer? »Ich bin eben so mitfühlend. Eine meiner stärksten Eigenschaften.« Und dann verkündet sie: »Ich werde jetzt dein Leben für dich in Ordnung bringen.« Au Backe!

Also, die Lukas-Sache behalte ich für mich. Das ist ein Geheimnis. Aber auf der anderen Seite, was taugt ein Geheimnis, wenn keiner weiß, dass man eins hat?! Ich meine, man muss es doch wenigstens *einer* Freundin erzählen, damit man sich ab und zu verstohlen bedeutungsvolle Blicke zuwerfen kann.

Mittwoch, 8. September

Lucilla ist echt spitzenklasse. Sie kam heute Nachmittag, um nach mir zu sehen. Eigentlich war sie nur zwei Minuten bei mir. Die restliche Zeit hing sie meiner Mutter auf der Pelle, weil sie es so toll findet, was meine Mutter »beruflich macht« (wie Lucilla sich ausdrückt).

»Kostüme fürs Theater zu entwerfen, das wäre mein Traumjob. Du hast es echt gut, Jojo!«

Ich verstand das zwar nicht ganz, weil ich den Job ja gar nicht hab, und dass jemand etwas, was meine Mutter macht, toll findet, war mir völlig neu. Aber bitte, so ist Lucilla eben. Total süß.

Meine achtjährige Schwester Flippi ist da völlig anderer Meinung. Sie findet Lucilla oberätzend und meint, nicht einmal ihre Schnecken-Kolonie (Flippi züchtet Nacktschnecken) würde Lucilla aufnehmen. Sie wäre unter Garantie selbst ihren Schnecken zu schleimig.

Dabei war Lucilla total nett zu Flippi. Zu mir sagte sie: »Du Glückliche! Eine kleine Schwester zu haben wäre mein Traum.«

Na, da hätt ich ihr Geschichten erzählen können! Aber ich hab nichts gesagt. Ist ein tolles Gefühl, wenn einen jemand um etwas beneidet. Sei es auch nur um die Mutter oder (hilf Himmel!) die kleine Schwester. So ist Lucilla eben. Für jeden ein nettes Wort.

Als sie bei mir war, kam Flippi in mein Zimmer, weil sie angeblich ihre Brille verlegt hatte.

»Du hast überhaupt keine Brille«, sagte ich knapp.

»Ach so«, meinte Flippi, »dann ist es ja kein Wunder, dass ich sie nicht finden kann.«

Lucilla fand das voll süß und meinte zu Flippi: »Du bist ja 'ne ganz Goldige. Hast du Barbie-Puppen? Wollen wir spielen?«

Flippi, die Kröte, guckte Lucilla hasserfüllt an. Ich wollte schon eingreifen, da lächelte Flippi plötzlich zuckersüß und flötete: »Oh, wie süß von dir. Aber gerne. Ich hab nur leider keine Barbies. Aber ich kann Püppi, Miezi, Sissy und Schnüffi holen. Mit denen können wir spielen.«

Ich hatte keine Ahnung, wen sie damit meinte oder was sie vorhatte, sonst hätte ich es verhindert.

Flippi sauste los, kam wieder und meinte zu Lucilla: »Mach die Augen zu. Wen soll ich dir zuerst geben? Püppi, Miezi, Sissy oder Schnüffi?«

»Schnüffi«, sagte Lucilla mit geschlossenen Augen und hielt die Hand auf.

Flippi setzte Lucilla eine Nacktschnecke auf die Hand. Als Lucilla die Augen aufmachte, schrie sie wie am Spieß und schleuderte das Tier voller Ekel in die Höhe. Die Schnecke blieb an meiner Zimmerdecke kleben.

Flippi grinste schadenfroh, machte aber sofort ein betrübtes Gesicht und hauchte todtraurig zu Lucilla: »Magst du Schnüffi nicht? Willst du lieber Sissy haben?«

»Nein, danke«, stammelte Lucilla höflich und versuchte tapfer zu lächeln.

Ich war irre wütend auf Flippi und wollte sie aus meinem Zimmer schmeißen.

Aber Flippi setzte ihr treuherzigstes Gesicht auf, stellte sich mit dem Schneckenglas da hin, wo die Schnecke an der Decke klebte, und hielt das Glas in die Höhe. »Erst muss ich warten, bis Schnüffi von der Decke fällt. Arme Schnüffi!«, meinte sie.

Ich zischte Flippi ins Ohr: »Was soll der Blödsinn, seit wann haben deine Schnecken so dämliche Namen?«

»Seit eben«, flüsterte Flippi zurück, »es ist nie zu spät, Schnecken dämliche Namen zu geben. Vor allem wenn deine dämliche Freundin mich so dämlich anzwitschert. Pfff! Barbie! Seh ich vielleicht so aus?!«

»Los, raus jetzt!«, brüllte ich Flippi an.

Flippis Augen füllten sich dramatisch mit Tränen. Oh, wie ich sie hasse!

Lucilla hatte auch noch Mitleid mit der Kröte und sagte: »Ach lass sie doch. Es war schließlich meine Schuld.«

Oh Mann, die hat ja keine Ahnung! Aber ich wollte sie auch nicht über Flippi aufklären, das wäre ja noch peinlicher. Also lächelte ich mit gefletschten Zähnen und wir drei standen da und warteten, bis die blöde Schnecke zurück ins Glas fiel.

Flippi trollte sich dann, drehte sich an der Tür aber noch mal um und fragte scheinheilig: »Bist du dir wirklich sicher, dass du nicht mit uns spielen willst, Lucilla?«

Lucilla würgte kurz und meinte: »Nein, danke, Süße. Ich muss jetzt eh gehen.«

Flippi schaute mich triumphierend an und verschwand. Sie ist echt eine Plage.

Als Lucilla weg war, kam Anna vorbei. Sie war etwas enttäuscht, dass Lucilla nicht mehr da war. Denn eigentlich war sie bloß gekommen, um Lucilla zu treffen. Alle finden Lucilla toll und wollen mit ihr befreundet sein. Weil die aber mich am interessantesten findet, sind plötzlich alle nett zu mir. Zumindest, wenn Lucilla in der Nähe ist.

Anna jedenfalls wollte eigentlich gleich wieder gehen, aber erkundigte sich doch noch höflicherweise nach meiner Allergie. Sie schien enttäuscht, dass die Allergie nicht mit meinem Intelligenzquotienten zusammenhing, sondern mit Himbeereis. Meine Erklärung mit der Schul-Allergie fand sie auch viel einleuchtender. Aber dann entwickelte sie eine ganz wilde Theorie und meinte, vielleicht hätte ich eine Liebeskummer-Allergie. Lucilla hätte gestern so viel von Justus geredet, womöglich käme der Ausschlag daher.

Dann fing Anna wieder von Justus an, bedauerte mich und sagte, wie Leid ich ihr täte: »Für dich ist das ja besonders schlimm. Wer weiß, wann du mal wieder einen Jungen triffst, der dich gut findet.«

Die hat ja wohl was an der Waffel! So 'ne Frechheit! Ich machte den Mund auf, um ihr von Lukas, meiner neuesten Eroberung zu berichten, zögerte aber. Anna ist eine ziemliche Plaudertasche. Was sie weiß, erfährt gleich die ganze Schule. Geheimnisse, die man Anna anvertraut, kann man auch gleich ans schwarze Brett in der Eingangshalle hängen. Nee, also besser nicht. Klappe halten. Kein Sterbenswörtchen würde ich ihr von Lukas erzählen.

Zwei Minuten später berichtete ich ihr alles haarklein. Manchmal versteh ich mich selbst nicht. Aber das konnte ich doch nicht auf mir sitzen lassen. Von wegen »ich finde nie wieder einen, der dumm genug ist, mich zu mögen«. Tzz.

Als Anna das von Lukas hörte, war sie völlig aus dem Häuschen. »Ist ja nicht wahr! Ich glaub's nicht! Jojo!« Das klang ziemlich vorwurfsvoll.

Ich ärgerte mich, dass ich überhaupt was gesagt hatte, und ließ Anna schwören wie ein Grab zu schweigen.

Mist, warum kann ich bloß meinen Mund nicht halten? Jetzt hab ich ein dickes Reue-Gefühl im Bauch.

Donnerstag, 9. September

Na bravo! Ich war heut kaum in der Schule, als Lucilla auf mich zugerannt kam und meinte: »Ist ja nicht wahr! Ich glaub's nicht! Jojo!«

Erst mal stand ich voll auf der Leitung, aber dann kam mir der Spruch unangenehm bekannt vor. Anna hatte gequatscht. Vielen Dank!

Ich holte grad Luft, um mich irgendwie rauszuwinden.

Da hängte sich plötzlich Lucilla mir an den Hals und flötete: »Du bist einfach unglaublich, Jojo!« In einem oberzuckersüßen Ton.

Irritierte mich irgendwie. Ich hatte erwartet, dass sie mir jetzt jede Menge Vorwürfe macht. Klang aber gar nicht danach.

Ich stutzte und fragte vorsichtig: »Wie meinst du das?«

»›Wie meinst du das?‹«, wiederholte Lucilla und schubste mich lachend von sich. Dann drehte sie voll auf. »Du bist echt obercool. Oberaffensupercool. Echt.«

Ich dachte, da hab ich wohl was nicht mitgekriegt, und fragte vorsichtig: »Worum geht's?«

Lucilla haute mir auf die Schulter. »Wow, gleich zwei Jungs. Alle Achtung. In zwei verschiedenen Städten. Sehr clever!«

Ich guckte immer noch begriffsstutzig.

Lucilla strahlte. Lucilla fand es toll. Sie fand mich toll. Sie fand mich cool.

Hey, genau genommen hat sie Recht. Ich bin toll. Ich bin cool.

»Was hast du dir denn dabei gedacht?«, wollte Lucilla wissen.

»Doppelt geküsst hält besser!«

»Wow«, sagte Lucilla nur noch und war sprachlos.

Ich war sehr zufrieden mit mir. Bin tatsächlich cool.

Diese Woche müssen wir uns unsere AGs aussuchen. Das sind Arbeitsgemeinschaften, mit denen man sich freiwillig den Nachmittag ruiniert und für die es noch nicht mal Noten gibt.

Ich hatte eigentlich keine Lust dazu, aber meine Mutter jammerte, das solle ich unbedingt tun, dann käme ich unter Leute und erweiterte meinen Horizont.

Ich bin unter Leuten. Weiß gar nicht, was sie hat. Hab ihr auch gesagt, ich brauche keine Horizonterweiterung. Noch mehr Horizont und ich weiß nicht mehr, wie ich heiße.

Aber da guckte sie unendlich traurig und fragte: »Hat das was mit mir zu tun? Ich meine, machst du es nicht, weil ich es vorgeschlagen habe? Hätte ich besser meine Klappe gehalten? Oh ja, das ist es, ich hätte nichts sagen sollen, dich nicht bedrängen sollen. Es tut mir so Leid, Jojo-Schätzchen.«

Ich hatte keine Lust, mir die Selbstvorwürfe meiner Mutter anzuhören und sie dann wieder eine Stunde lang zu trösten. Deshalb sagte ich: »Aber nee, Mami, natürlich geh ich in eine AG. Ich wollte dich um Rat fragen, welche ich wählen soll.«

Das war ein Volltreffer. Ihre ängstlichen Augen fingen an zu strahlen und Glückstränen schimmerten darin.

»Du willst einen Rat von mir?«, hauchte sie. Sie richtete sich auf, machte ein geschäftsmäßiges Gesicht und legte los. Sie war in ihrem Element. Und ich hatte meine erste gute Tat für diesen Tag getan. Na, wenn ich es recht überlege, sollte das für eine ganze Woche reichen. Eine Mutter glücklich machen ist schon 'ne größere Sache.

Mit todsicherem Geschick schlug sie all das vor, was mich nicht die Bohne interessiert. Ich stöhnte leise, nickte stets und dachte, egal. Ich konnte ja immer noch sagen, die seien schon alle voll. Schließlich einigte meine Mutter sich darauf, dass ich mich in der Theater-AG anmelden solle.

Freitag, 10. September

Heute Mittag hing ich vor dem schwarzen Brett rum, auf dem alle AGs und deren Treffpunkte aufgelistet waren. Ein total cool aussehender Typ kam an, schaute auf den Plan und dann auf mich. »Machst du bei der Theater-AG mit?«, fragte er.

Ich war so erschrocken, dass ich erst mal keinen normalen Ton rauskriegte, sondern nur leicht quiekte, als ich antworten wollte. Ich versuchte es noch mal und quiekte ein »Ja«. Wenn *er* da mitmacht, mach ich auch mit, keine Frage.

Er deutete auf den Plan und meinte: »Raum 19.« Ich nickte, und als er sich in Bewegung setzte, lief ich hinter ihm her. Ich hätte echt gerne was zu ihm gesagt, aber mir fiel nichts Schlaues ein. Außerdem hatte ich Angst, dass ich wieder so dämlich quieken würde, wenn ich versuchte zu sprechen.

Er betrat einen Raum, ich immer noch hinter ihm. Er blieb stehen, bemerkte mich und sagte: »Die Theaterfritzen treffen sich im Raum gegenüber. Hier ist die Schülerzeitung.«

Ich nickte. »Genau da wollte ich hin.«

»Ich denk, zur Theater-AG?«

»Nee, wie kommst du denn darauf?« Ich war richtig froh, dass ich meine Stimme wieder gefunden hatte.

»Na, weil du doch ...«

Ich war obergut drauf, klopfte ihm leicht auf die Schulter und meinte: »Schon in Ordnung, denk nicht so viel nach. Willst du hier auch mitmachen? Soll ich ein Wort für dich einlegen?«

Mann, ich war wirklich gut. Keine Spur mehr von Herzklopfen und so. Wozu auch, selbst wenn ein Typ echt super aussieht, bleibt er trotz allem ja doch bloß ein ... ein ... na ja, ein Typ eben. Und von Jungs sollte man sich nicht aus der Fassung bringen lassen.

Der Typ grinste und meinte etwas von oben herab: »Ja, leg mal ein Wort für mich ein.« Dann ging er nach vorn und verschwand in einem Pulk von Leuten.

Der Raum war proppenvoll, tausend Leute waren da. Die Schülerzeitung ist total begehrt, weil es die einzige lehrerfreie AG ist und alles in Eigenregie gemacht wird.

Als sich keiner mehr in den Raum quetschen konnte, weil die ersten Leute sonst wieder zum Fenster rausgefallen wären, setzte sich der Typ, dem ich hinterhergelaufen war, lässig auf das Pult und begann mit einer Ansprache.

»Mein Name ist Nils Berghanner. Ich bin seit einem Jahr Chefredakteur unserer Schülerzeitung.«

Na bravo. Und ich wollte ein Wort für ihn einlegen! Der Kerl war maximal fünfzehn. Wieso darf an unserer Schule ein Fünfzehnjähriger Chefredakteur sein? Und wieso sehen Chefredakteure so gut aus?!

Nils fuhr fort: »Ich freue mich, dass das Interesse an unserer Zeitung so groß ist. Ihr werdet verantwortungsvoll und hart arbeiten müssen.«

Die Ersten gingen wieder.

»Wir werden uns täglich treffen.«

Wieder verschwand ein Schwung Interessenten.

»Wir brauchen Leute mit überdurchschnittlicher Intelligenz.«

Langsam leerte sich der Raum. Bevor Nils alleine

dastehen würde, rief er schnell: »Wer hat denn bereits Zeitungserfahrung?«

Ich meldete mich.

»Sehr gut«, lobte er mich. »Du hast also schon mal bei einer Zeitung gejobbt?«

»Nee«, gab ich ehrlich zu.

»Und was für 'ne Art Erfahrung hast du mit Zeitungen?«

»Vielleicht trägt sie welche aus!«, rief so ein vorlauter Herr Oberschlau.

»Nein«, sagte ich, blickte den Typ strafend an und meinte dann strahlend zu Nils: »Ich lese sie täglich.«

Nils machte ein süßsaures Gesicht. »Willst du mich auf den Arm nehmen oder bist du bloß dämlich?«

»Hab ich nur die Wahl zwischen diesen beiden Möglichkeiten?«, fragte ich freundlich.

Nils schnappte nach Luft und wandte sich dem Nächsten zu, der sich gemeldet hatte.

Ich versuchte wieder Nils' Aufmerksamkeit zu gewinnen und die Sache irgendwie einzurenken. »Also genau genommen ...«

Aber er hörte mir nicht mehr zu. Er interviewte bereits die anderen Kandidaten und stellte sie in kleinen Gruppen zusammen.

»Okay«, rief er, »jetzt werden die Ressorts verteilt und dann sucht sich jeder Ressortleiter seine Reporter aus.«

Ein Ressortleiter ist verantwortlich für einen bestimmten Bereich innerhalb der Zeitung, also etwa Sport, Umwelt, Gesundheit, Politik, Mode und so weiter.

Nils fragte, wer an welchem Ressort Interesse habe. Ich meldete mich bei allen, aber Nils übersah mich jedes Mal.

Kein eigenes Ressort, schade. Dann werde ich halt Reporterin, dachte ich.

Die Ressortleiter suchten sich ihre Reporter aus, und ob man's glaubt oder nicht, wieder ging ich leer aus.

Doch es ging noch weiter. Offensichtlich traute mir auch keiner zu, dass ich einen Fotoapparat bedienen kann, denn auch die Fotografen wurden gewählt, ohne dass man mich auch nur in Erwägung gezogen hätte.

Das war's dann.

»Also, so long! Und Dank noch mal an alle, die gekommen sind«, sagte Nils und packte seine Sachen zusammen. »So long« – das soll wohl cool sein. Blöder Nils. Ich war echt sauer.

Ich war obersauer. Ich ging zu ihm und meinte vorwurfsvoll: »Du hättest ja mal ein gutes Wort für mich einlegen können!«

»Ach ja, bei wem denn?«

»Na, vielleicht beim Chefredakteur!«

Nils grinste. »Das hätte nichts genützt. Der ist knallhart. Keine Protektion.«

Protektion, wieder so 'n Wort, das ich nachschlagen musste. Hoffentlich war's keine Beleidigung.

»Ich finde das völlig undemokratisch!«, sagte ich cool. Ich hab schließlich auch ein paar Fremdwörter drauf.

»Könntest du das bitte erläutern?« Nils setzte sich auf den Tisch. Offensichtlich erwartete er ein längeres Gespräch. Das machte mich etwas nervös. Immerhin sah er nach wie vor richtig gut aus. Aber von so was lass ich mich nicht beeindrucken.

»Wenn ich dir das erst erklären muss, vergiss es. Schlag es im Wörterbuch nach«, sagte ich schnippisch.

Er lachte sich halb tot. Das mit dem Wörterbuch war wohl nicht so gut, er hatte anscheinend was anderes gemeint. Ich hatte das Gefühl, jetzt besser einen schnellen Abgang hinzulegen, bevor ich mich noch echt blamierte.

Ich schaute ihn hochmütig an. So hochmütig ich eben konnte (darin bin ich nicht besonders gut). »Ich denke, ich vergeude hier meine Zeit.« Das war wieder gut. Sehr gut. Ich lächelte etwas übertrieben und ging zur Tür.

Leider rannte ich dabei gegen einen Tisch, weil ich Nils noch einen coolen Blick über die Schulter zuwerfen wollte. Jetzt lachte er noch lauter. Ich legte einen Zahn zu, um Land zu gewinnen. War schon fast zur Tür raus, da rief er mir hinterher: »Wie heißt du eigentlich?«

Ich blieb wie angewurzelt stehen. Hatte er das nett gemeint? Könnte doch sein. Ich dachte kurz nach und entschied, dass er es *nicht* nett gemeint haben konnte.

»Noch nie was von Datenschutz gehört?« Dann war ich draußen.

Ich ärgerte mich über meine dummen Antworten. Zunächst hatte ich den Typ ja schon ziemlich toll gefunden. Jetzt fand ich ihn eher ätzend. Aber selbst wenn ich jemanden ätzend finde, ärgere ich mich, wenn ich keinen guten Eindruck mache. Und das eben war einer meiner schwächsten Auftritte.

Na ja. Eigentlich auch egal. Den werd ich sowieso nicht wieder sehen.

Blöde Schülerzeitung!

Ich hatte echt schlechte Laune.

Abends kam dann auch noch Lucilla zu mir nach Hause. Sie pflanzte sich schwungvoll auf mein Bett und meinte: »Los, ruf ihn an. Ich will dabei sein, wenn du mit ihm sprichst.«

»Wen?«, fragte ich erschrocken.

Sie drückte mir den Telefonhörer in die Hand. »Lukas!«, half sie mir auf die Sprünge.

»Lukas?«, wiederholte ich erstaunt. Ich hatte irgendwie Nils im Kopf und war deshalb so verwundert, als sie »Lukas« sagte. Wieso sollte ich Lukas anrufen?

Ich wollte ihn nicht anrufen. Schon gar nicht, wenn Lucilla daneben stand. Seit Amerika hatte ich mit Lukas nicht mehr gesprochen. Einen Brief hatte ich ihm geschrieben. Einen echt netten, verliebten Brief. Aber dann ließ ich ihn ein paar Tage liegen, weil ich nicht sicher war, ob es wirklich eine gute Idee war, Lukas so eine Art Liebesbrief zu schicken. Er konnte sich ja auch melden.

Tat er auch. Er schickte eine Karte. So 'ne Comic-Karte mit 'nem Pferd und einem Cowgirl drauf. Und einem mittelwitzigen Spruch. Unterschrift: »See you, Lukas.« Na klasse, sehr cool. Das klang nicht gerade verliebt.

Also hab ich meinen Liebesbrief nicht abgeschickt. Wäre voll peinlich gewesen. Ich hab ihm 'ne Karte zurückgeschickt, eine neutral-banale, und dachte, ich warte erst mal ab. Und in der Abwartephase war ich eben noch. Ich konnte jetzt nicht anrufen. Erst sollte sich Lukas wieder melden.

Lucilla stieß mich in die Seite. »Los, mach schon! Erzähl ihm auch von mir. Dass du eine neue beste Freundin hast und so.«

Ich zögerte.

»Ihr telefoniert doch bestimmt jeden Tag. Lass mich *einmal* dabei sein! Bitte!«

Ich sah Lucilla gequält an.

Sie schaute mit treuen Hundeaugen zurück. »Bitte! Ich liebe Romanzen!«

Wie konnte ich mich da rauswinden?

»Jetzt wähl endlich.«

Gar nicht. Es gab keinen Weg zurück.

»Und er soll dich so bald wie möglich mal besuchen.« Lucilla war völlig aufgedreht.

Ich hatte einen Knoten im Magen und Panik im Kopf. War sauer auf Lucilla und sauer auf mich, weil ich mich nicht traute Nein zu sagen. Das konnte nur schief gehen. Ich würde mich am Telefon sicherlich so dämlich benehmen, dass Lukas in seinem ganzen Leben nicht mehr mit mir reden würde.

Ich wählte. Lukas' Nummer konnte ich auswendig, hatte sie schon zweihundertmal gewählt, aber immer schnell wieder aufgelegt, bevor es überhaupt klingelte. Während ich noch fieberhaft überlegte, ob mich irgendetwas retten konnte, hob jemand den Hörer ab.

»Lydia Sonntag.«

»Waaas?«, brüllte ich ins Telefon. »Was machst du denn da?«

»Jojo?«, erriet meine Patentante sehr richtig.

»Wieso bist du am Telefon?«, fragte ich sie vorwurfsvoll.

»Es hat geklingelt.«

»Nein, ich meine, wo bist du?«

»Zu Hause. Sonst wäre ich ja nicht am Telefon.«

»Bist du sicher?«

Meine Tante seufzte laut auf. »Was ist los, Josefine?«

Ich konnte es nicht fassen. Nachdem mir mein erster Gedanke – dass nämlich meine Tante seit neuestem bei Lukas wohnt und dort das Telefon betreut – selbst zu absurd vorkam, kapierte ich, dass ich in meiner Panik schlicht und ergreifend die falsche Nummer gewählt hatte. Ich überlegte blitzschnell und mir war klar, dass das meine große Chance war. Meine Tante würde zwar postwendend meine Mutter anrufen und ihr in salbungsvollen Worten nahe legen, mich auf meinen Geisteszustand untersuchen zu lassen. Aber meine Mutter war ja Kummer gewohnt.

Also, es konnte losgehen – sülzige Schmachtstimme: »Wie geht's dir?«

»Gut«, war die knappe tantliche Antwort.

Ich wieder mit Schmelzstimme: »Ich vermisse dich!«

»Bitte? Seit wann denn das!«

Ich, kokett kichernd: »Ach, das sagst du nur so!«

»Josefine?!«

Ich hauchte: »Wirklich?« Und setzte nach: »Das ist sooo süüüß von dir.«

»Josefine! Gib mir sofort deine Mutter!«

Ich kicherte verschämt. »Ich dich auch!«

Mittlerweile brüllte meine Tante so laut in den Hörer, dass ich schnell auflegen musste.

Ich blickte Lucilla triumphierend an. Lucilla schaute bewundernd zurück. »Mensch, Jojo, der ist ja voll verknallt in dich. Hast du's gut!«

Ich war sehr erleichtert. Das war super gelaufen. Erste Sahne.

Lucilla hielt mir wieder den Telefonhörer hin. »So, und jetzt Justus!«

In ungebremster Panik riss ich die Augen auf und machte einen Satz nach hinten, als ob der Telefonhörer, den Lucilla mir hinhielt, aus glühendem Eisen wäre.

»Niemals!«, schrie ich überflüssigerweise auch noch.

»Wieso?«

Ja, wieso eigentlich? Wusste ich auch nicht. Weil Justus sich nie mehr gemeldet hatte nach seinem Umzug? Also, außer mit der Karte, auf der er mir seine neue Adresse mitgeteilt hatte. Was erwarten Jungs eigentlich? Dass man ihnen hinterherläuft? Die können doch auch mal Einsatz zeigen! Liebesbriefe schreiben. Rosen schicken oder Himbeereis. Oder anrufen. Nichts. Justus hatte sich nicht mehr gemeldet. Na, und ich mich dann natürlich auch nicht.

Justus würde aus allen Wolken fallen, wenn ich ihn jetzt anrufen würde. Und ich konnte nicht noch mal die Nummer meiner Patentante wählen.

Hach, aber ich konnte etwas anderes tun: Ich wählte unsere eigene Nummer.

Dann hörte ich kurz in den Hörer, hielt ihn Lucilla ans Ohr und meinte bedauernd: »Besetzt. Wahrscheinlich führt seine zickige Schwester wieder Dauergespräche. Das können wir knicken. Den erreichen wir heute Abend nicht mehr!«

Lucilla war enttäuscht. Und ich höchst zufrieden.

Samstag, 11. September

Ich hab mir die Sache mit der Schülerzeitung noch mal überlegt und entschieden, das nicht hinzunehmen. Ich will da mitarbeiten. Das hat nichts mit Nils zu tun. Ich finde nur, so können die das nicht machen. Wenn jemand mitarbeiten will, muss er auch eine Chance bekommen. Vor allem, wenn er Talent hat.

Ich denke, ich eigne mich hervorragend. Als Journalistin braucht man einen wachen, analytischen Verstand. Man muss Zusammenhänge sofort glasklar erkennen und messerscharfe Fragen stellen. Das ist genau mein Ding.

Deshalb bin ich heute früh zur Schule gedackelt – und das am heiligen Samstag, meinem freien Tag! Aber diese Streber treffen sich sogar an schulfreien Samstagen.

Nils entdeckte mich gleich und rief fröhlich: »He, Miss Datenschutz gibt uns die Ehre.«

Ich überhörte das und baute mich vor ihm auf. »Ich will bei der Schülerzeitung mitarbeiten.«

Nils schaute misstrauisch. »Wieso?«

Ich versuchte es mit Inbrunst. »Weil ich schon immer Journalistin werden wollte. Es ist mein Lebenstraum. Und ich verlange, dass man mir zumindest eine Chance gibt!«

Nils lächelte leicht und fragte: »Sag mal, wenn ich dich jetzt wieder wegschicke, bist du dann täglich hier und jammerst?«

»Worauf du dich verlassen kannst.«

»Na ja«, meinte er, »Beharrlichkeit gehört irgendwie auch zum Berufsbild. Lass mal überlegen, was wir mit dir anfangen können.«

Das klang schon besser. Ich war sehr zufrieden mit mir. Hatte sich doch gelohnt, der Auftritt.

Nils blätterte in irgendwelchen Unterlagen, schaute auf Entwürfe von Zeitungsseiten und schüttelte immer wieder den Kopf.

Dann drehte er sich zu mir um. »Hast du denn irgendwelche besonderen Interessen?«, wollte er wissen.

»Jungs«, wäre mir fast rausgerutscht. Aber ich konnte mich gerade noch bremsen. Ich sagte nichts.

»Hast du irgendeine besondere Begabung? Ein Talent?«

»Nö.« Also, zumindest nichts, was ich freiwillig zugeben würde. Chaos produzieren ist wohl nichts, womit ich angeben sollte.

Ich überlegte. »Weißt du, genau genommen bin

ich ein Allround-Talent. Ich interessiere mich für alles. Und kann auch ziemlich alles.«

Nils nickte. »Knapp unterm Genie, was?«

Ich bejahte. Dann hatte ich aber das Gefühl, dass mein neuer Chefredakteur sich über mich lustig machte, und schaute ihn ärgerlich an.

Nils hob beschwichtigend die Hände. »Reg dich nicht auf. Mir fällt schon noch was für dich ein.«

Er überlegte, schaute nacheinander alle seine Ressortleiter an und rief dann Niclas zu sich. Niclas ist für Sport zuständig.

»Brauchst du noch Unterstützung?«, fragte er ihn.

Niclas dachte einen Moment nach, dann meinte er: »Theoretisch ja.«

Ich strahlte und stellte mich in Positur.

Niclas sah mich kritisch an, ihm war wohl klar, was gleich passieren würde.

»Prima«, meinte Nils und deutete auf mich. »Das ist …« Er schaute mich an. »Wie heißt du eigentlich?«

Darauf war ich nicht gefasst. Ich stotterte: »Ähm … äh … Jojo. Nee. Josefine, aber …«

Niclas runzelte die Stirn. »Na klasse, die weiß nicht mal, wie sie heißt.«

»Weiß ich wohl«, fauchte ich ihn an.

»Okay, okay«, ging Nils dazwischen. »Also, Jojo kann bei dir mitarbeiten.«

Niclas zeigte auf mich und meinte zu Nils: »Das ist ein Mädchen.«

Ich war empört. »Ja und? Glaubst du, Mädchen haben keine Ahnung vom Sport, oder was? In welchem Jahrhundert lebst du eigentlich?«

Niclas verschränkte die Arme. »Okay, sag mir mal, auf welchem Tabellenplatz steht Werder?«

»Werder was?«

»Werder Bremen.«

»Kannst du dich mal genauer ausdrücken?«, verlangte ich.

»Bundesligamäßig«, ergänzte Niclas ungeduldig.

Ich verschränkte ebenfalls die Arme. »Und wo bitte spielt die ›Bundesliga‹?«

Niclas schaute Nils an und sagte: »Siehst du, was ich meine?«

Nils nickte resigniert und Niclas ging wieder an seinen Computer.

»Was ist?«, wollte ich wissen. »Arbeite ich jetzt beim Sport mit oder nicht?«

Nils überging meine Frage. »Kennst du dich in Mode aus?«

Ich schaute an mir herunter. »Sehe ich so aus, als hätte ich keine Ahnung?«, fragte ich ihn schnippisch.

Nils führte mich wortlos zu einer etwas schrill aufgetakelten Rothaarigen und stellte sie mir vor: »Das ist Tina. Sie ist für Mode zuständig. Tina, das ist Jojo. Kann sie bei dir mitarbeiten?«

Tina verzog leicht ihren grelllila Mund und legte die sorgsam gepuderte Stirn in Falten.

»Vorkenntnisse?«, fragte sie überheblich.

»Also entschuldige mal, ich weiß vielleicht nicht, wo die Bundesliga spielt, aber einen Rock kann ich schon von einer Hose unterscheiden.«

Tina schaute Nils leidend an. »Tu mir das nicht an!«, flehte sie.

Ich wandte mich ebenfalls an Nils. »Darum wollte ich dich auch gerade bitten.«

Nils führte mich wieder zu seinem Schreibtisch. »War keine gute Idee«, entschuldigte er sich.

Ich zuckte die Schultern und meinte großzügig: »Jeder macht mal Fehler.«

Nils machte große Augen. »Woher nimmst du eigentlich den Nerv solche Sprüche zu bringen?«

»Lebenserfahrung!«

Nils schaute mich nachdenklich an. Das machte mich etwas nervös. Dann entspannte er sich. »Okay. Du übernimmst das Ressort für Lebensberatung! Dafür hat sich noch niemand gefunden.«

»Wow, stark! Danke!« Ich war begeistert. Na bitte, wer sagt's denn?! Ich lächelte Nils total süß an. Ich fand, er hatte eine Belohnung verdient. Mein Lächeln brachte ihn etwas aus dem Konzept. Er wurde verlegen. Vor allem, als dann ein anderer Typ kam und Nils ein Blatt reichte.

»He, Nils, kannste mal bitte drüberschauen? Das ist der Entwurf für die Titelseite.«

Ich hörte auf zu lächeln. Fühlte mich irgendwie ertappt. Vor allem, weil Nils sofort ein ganz wichtiges geschäftliches Gesicht machte und mich nicht mehr anschaute.

Der andere Typ sah in meine Richtung und meinte spöttisch zu Nils: »Es sei denn, du hast gerade was Wichtigeres zu tun.«

Nils entgegnete etwas ärgerlich: »Blödsinn.« Er deutete mit dem Kopf auf mich. »Sie wollte ohnehin gerade gehen.«

Wollte ich nicht. Echt nicht. Zuerst wunderte ich mich. Dann wurde mir schlagartig klar, dass Nils mir wohl dezent bedeuten wollte zu verschwinden. Bitte, wenn er meinte.

Ich sagte noch mal »danke auch« und ging. Ich hatte das Gefühl, dass Nils erleichtert aufatmete. Konnte aber auch sein, dass er Asthmatiker ist.

Zwei Minuten später stand ich wieder vor ihm. »Was heißt das eigentlich?«

Nils fuhr erschrocken herum. »Du schon wieder!«

»Was heißt das eigentlich – Lebensberatung?«, fragte ich.

Nils grinste leicht. »Du gibst Leuten Tipps, wie man aus vertrackten Situationen rauskommt, tröstest sie, wenn sie Kummer haben, und berätst sie bei Problemen. Du beantwortest Leserbriefe.«

»Ach so.« Alles klar, prima.

»Du bist sozusagen unsere Kummerkastentante«, meinte Nils und grinste noch breiter.

»Kummerkastentante? Kummerkastentante!« Ich war empört. »Das find ich aber doof.«

»Tut mir Leid«, Nils zuckte die Schultern, »den Job oder keinen.«

»Pah, dann lieber keinen!«, rief ich aus und verließ aufgebracht den Raum.

So 'ne Frechheit. Wofür hält der mich. Ich will coole Reportagen schreiben, Skandale aufdecken, Interviews mit Promis machen! Kummerkastentante! Nie im Leben!

Zwei Minuten später stand ich wieder vor ihm. Das heißt, genau genommen stand ich hinter ihm und tippte ihm auf die Schulter. Er stieß vor Schreck einen Schrei aus. Was ihm sehr peinlich war, weil es als Junge völlig uncool ist sich zu erschrecken.

»Was ist?«, fauchte er mich an.

»Ich mach's doch«, sagte ich leichthin. »Besser als gar nichts.«

Er stöhnte, ging zu seinem Tisch, holte ein paar Zettel hervor, gab sie mir in die Hand und meinte: »Hier sind noch ein paar Leserbriefe von vor den Ferien. Die kannst du beantworten.«

Ich blickte mich im Raum um. »Wo sitz ich?«

»Zu Hause«, sagte er schnell, »du kannst ausnahmsweise von zu Hause aus arbeiten.«

Schade eigentlich, aber bitte. »Okay, dann geh ich jetzt«, sagte ich und wartete ab.

»Ja bitte«, meinte Nils, und es klang fast flehentlich.

Kummerkastentante! So was Peinliches. Das kann ich Lucilla auf gar keinen Fall erzählen.

Ich ging zur Eisdiele. Lucilla war schon mit ihrem Gefolge da und gab irre Storys zum Besten. Ich setzte mich dazu und lauschte begeistert. Bis Lucilla erzählte: »Und wisst ihr, was sie ganz cool geantwortet hat? – Doppelt geküsst hält besser!«

Moment, das kam mir bekannt vor – Lucilla schmückte mal wieder Jojos Alltags-Chaos bis zur Unkenntlichkeit aus!

Ich warf vorsichtig ein: »Also, Lucilla, es war nicht ganz so, wie du jetzt …«

Sie fiel mir ins Wort und zwitscherte fröhlich: »Also, Jojo, du bist einfach zu bescheiden. Stell doch dein Licht nicht immer unter den Scheffel!«

Lucilla hatte gut reden. Ich würde mal eher sagen, der Scheffel brennt. Ihre Geschichten haben nichts mehr mit der Wirklichkeit zu tun. Wenn Lucilla den anderen Mädchen Episoden aus meinem Leben erzählt, klingen die echt bombastisch. Nur leider ist der Wahrheitsgehalt nicht höher als zehn Prozent.

Als wir später alleine waren, versuchte ich noch mal mit ihr darüber zu reden. Also von wegen sich mehr an die Tatsachen halten und so.

Sie guckte ganz betrübt und meinte: »Aber Jojolein, ich hab's doch nicht böse gemeint. So bin ich eben.«

Ja, so ist sie eben.

Dank Lucillas blühender Phantasie bin ich ein Findelkind. Moses muss sie wohl inspiriert haben, denn sie hat das Gerücht in die Welt gesetzt, meine Mutter habe mich eines Tages in einem Weidenkörbchen in Hollywood (wo meine Mutter laut Lucilla für die größten amerikanischen Stars die Kostüme entworfen hat) in einem Fluss treiben sehen, mich vor dem sicheren Tod gerettet und mit nach Hause genommen. (Eine Erklärung, wie wir nach Deutschland gekommen sind und wo meine Mutter Flippi aufgelesen hat, schuldet sie den Hühnern noch.)

Na, wenn sie das glücklich macht. Soll mir recht sein. Schließlich hat die Sache auch was Gutes: Ich bin auf der Beliebtheitsskala enorm gestiegen, seit Lucilla mich unter ihre Fittiche genommen hat. Die anderen finden mich jetzt cool. Und reden mit mir. Zumindest wenn Lucilla in der Nähe ist.

Sonntag, 12. September

Flippi kam heute Nachmittag wütend in mein Zimmer gestürmt, packte mich am Kragen (was nicht leicht ist und lächerlich aussieht, weil sie ja einen Kopf kleiner ist als ich und sich dafür auf die Zehenspitzen stellen muss) und drohte mir: »Wenn du nicht dafür sorgst, dass deine Lucilla aufhört Geschichten über mich zu erzählen, werde ich Rache nehmen. Erst an dir, dann an Lucilla.«

Ich konnte Flippi ja irgendwie verstehen, meinte aber: »Nun stell dich doch nicht so an. So ist Lucilla eben. Sie meint es nicht böse.«

»Ach ja? Diese Möhre ist dabei, meinen Ruf zu ruinieren!«

»Was erzählt sie denn über dich?«

»Was weiß ich, was sie über mich erzählt. Der Punkt ist, dass jetzt alle deine dummen Hühner-Freundinnen jedes Mal, wenn sie mich sehen, sagen: ›Ach, wie süß, guck mal, da ist die kleine Flippi. Ist sie nicht niedlich?‹ Noch bis vor zwei Wochen haben die Schnepfen einen Riesenbogen um mich gemacht und ängstliche Augen bekommen, wenn sie mich sahen.« Flippi war echt empört. »Und das hab ich alles deiner schnulzigen Lucilla zu verdanken.«

Flippi hatte mich wieder losgelassen und ich zupfte meinen Kragen zurecht. »Ich versteh dich ja«, meinte ich.

»Natürlich kannst du das nicht verstehen, du bist schließlich oberdämlich und lässt dir immer alles …« Flippi hörte plötzlich mitten im Satz auf und starrte mich an. »Hast du eben gesagt, du verstehst mich?« Sie war völlig verblüfft.

»Ja«, bestätigte ich ihr.

»Im Ernst?«

»Ja, im Ernst.«

»Bist du krank?«

»Jetzt lass den Blödsinn, Flippi. Ich weiß, was du meinst. Aber da kann ich nichts tun«, erklärte ich ihr. »Lucilla meint es nicht böse. Sie erzählt eben gerne viel.«

»Ja, viel Blödsinn.«

»Also echt, Flippi, jetzt übertreib mal nicht! So schlimm kann es doch wohl nicht sein, wenn dich Leute nett finden.«

»Uuh! Jojo, du hast null Durchblick.« Flippi schaute mich mitleidig an.

Das hatte mir gerade noch gefehlt! Mitleid von einer Achtjährigen!

»Raus«, sagte ich und Flippi ging tatsächlich.

Erst mal langweilte ich mich. Vor lauter Langeweile dachte ich an Nils. Dann erinnerte ich mich wieder daran, dass ich ja nun auch zur Schülerzeitung gehörte. Und da fielen mir die Leserbriefe ein.

Ich hatte wirklich keine Lust, dämliche Leserbriefe zu beantworten. Aber was sollte ich tun? Das war der einzige Job, den Nils mir angeboten hatte.

Ich kramte den ersten Brief hervor.

Liebe Redaktion,
ich hab total viele Pickel im Gesicht. Was soll ich tun?

Oh mein Gott, das ist ja voll bescheuert. Wie haben die das denn im letzten Jahr gemacht? Ich meine, muss ich das ernst nehmen? Geh ich jetzt in die Apotheke und lass mir ein Anti-Pickel-Mittel für diese Sumpfmöhre empfehlen? Nee, ganz sicher nicht.

Womöglich sind das gar keine echten Zuschriften. Vielleicht hat sich Nils die ausgedacht, um sich über mich lustig zu machen? Genau. Na warte. Nicht mit mir:

Liebes Pickel-Gesicht,
herzlichen Glückwunsch! Pickel werden in der nächsten Saison total in sein. Pfleg sie gut. Du wirst der Hit der Schule werden.
Gruß …

Hm, was schreib ich da hin? Meinen Namen? Damit sich dann die ganze Schule über mich lustig macht? Nee, besser irgendeinen echt schrägen Namen, einen Namen, den's gar nicht mehr gibt … wie … Agathe. Genau. Agathe. Das ist es. Agathe ist gut.

Okay, nächster Brief. Mal sehen, was sich Nils alles für mich ausgedacht hat.

Liebe Redaktion,
leider bin ich voll schlecht in der Schule. Meine Eltern sagen, wenn sich meine Noten nicht bessern, dann fliege ich.
Was meint ihr?

Na ganz einfach:

Lieber Flugschüler,
ich meine, du hast es echt gut. Wenn ich mal 'ne Fünf schreibe, krieg ich riesigen Ärger. Dir schenken deine Eltern ein Flugticket! Wo ist das Problem?
Gruß, Agathe

Nils wird sich wundern. Her mit dem nächsten Brief.

Liebe Redaktion,
ich bin der Meinung, die Turnhalle sollte nachmittags für Schüler geöffnet sein, wenn sie mal Basketball oder so spielen wollen. Könnt ihr da nicht mal was unternehmen?

Lieber Sportsfreund,
ich würde dir gerne helfen, aber da der Chefredakteur der Schülerzeitung jeden Nachmittag in der Turnhalle

ein Treffen mit seiner Strick- und Häkelgruppe hat, sehe ich da einen Interessenkonflikt.
Gruß, Agathe

PS: Herr Sachse hat angeboten, dir jeden Nachmittag Matheunterricht zu geben, wenn du zu viel Zeit hast. Interessiert?

Ich war sehr zufrieden mit meiner Arbeit, vor allem weil es blitzschnell gegangen war.

Nils kann sich zu seiner Wahl wirklich beglückwünschen. Er hat einen echten Profi engagiert. Gleich morgen früh werde ich ihm meine Leserbrief-Antworten geben.

Wieso bin ich eigentlich nicht schon früher auf die Idee gekommen Journalistin zu werden? Ist gar nicht so schwer.

Montag, 13. September

Ich glaub's ja nicht! Lucilla hat wohl die Obermeise! Erzählt sie doch glatt in der Klasse rum, Justus und Lukas würden mich nächste Woche besuchen. Und ich würde dann meine Entscheidung treffen, mit wem ich ab jetzt befreundet sein wolle. Und dann hat sie noch hochdramatisch hinzugefügt, dass es sie nicht wundern würde, wenn es zu einem Kampf zwischen den beiden käme.

Ich wollte das gleich klarstellen, aber Lucilla ließ mich nicht zu Wort kommen. Auch die anderen wollten meine Version überhaupt nicht hören, weil sie Lucillas Variante viel spannender fanden. Jetzt werden schon Wetten abgeschlossen, wer von beiden Jungs siegen wird.

Ich kapier echt nicht, wieso immer *ich* in einen solchen Schlamassel gerate. Ich meine, ich hab doch gar nichts getan. Mein Leben nimmt eine total wilde Kurve, rauscht an mir vorbei und ich hab keinen Einfluss darauf.

In meiner Verzweiflung beklagte ich mich sogar bei Flippi. Die runzelte die Stirn und meinte ganz ernsthaft: »Jojo, ich denke, du musst den Kampf verhindern.«

»Flippi! Es kommt doch niemand!«

»Das ist egal.«

Ich war ziemlich verwirrt und konnte langsam selbst nicht mehr unterscheiden, was nun echt ist in meinem Leben und was ich Lucillas Phantasie zu verdanken habe.

»Was soll ich tun?« Mann, also ich musste wirklich ziemlich durch den Wind sein, wenn ich schon meine kleine, chaotische Schwester um Rat fragte.

»Du solltest mit Justus Schluss machen!«, riet Flippi in erwachsenem Ton.

»Aber es ist doch gar nichts mehr zwischen uns! Ich hab seit Monaten nichts von ihm gehört!«

»Es ist der einzige Ausweg, ein Blutbad zu verhindern.«

»Flippi! Auf wessen Seite bist du eigentlich?!«

Flippi dachte scharf nach. »Auf Lukas' Seite.«

»Das meine ich nicht. Darum geht's nicht! Ich meine, wieso nimmst du Lucillas Geschwafel ernst?! Vor ein paar Tagen hast du mich noch angejammert, weil sie so 'n Quark über dich erzählt.«

Flippi grinste breit. Nach einer langen Pause meinte sie: »Siehst du, jetzt weißt du, was ich meine. Sie kann einem das Leben ruinieren. Aber du sagst ja immer: ›Sie meint es doch nicht böse.‹ Und wenn sie es zehnmal nicht böse meint, sie verzapft echten Mist.«

Ich war sauer auf mich selbst. »Was rede ich überhaupt mit dir. Du bist ja doch nur schadenfroh.«

»Ja, bin ich«, gab Flippi fröhlich zu. Dann fügte sie hinzu: »Das mit dem Schlussmachen ist echt die einzige Möglichkeit. Am besten machst du gleich mit beiden Schluss.«

»Wovon redest du? Das ist doch Blödsinn.«

Flippi verlor die Geduld mit mir. »Geh mal ein Stück zur Seite.«

»Wieso?«, fragte ich dusselig und tat es.

Flippi grinste. »Weil du auf der Leitung stehst.«

So 'ne Frechheit! Ich wollte sie gerade anmeckern, aber Flippi ging bereits kichernd aus meinem Zimmer.

Oh Mann, wieso hat man mich mit einer kleinen Schwester gestraft?! Ich riss die Tür auf und brüllte ihr hinterher: »Flippi, du bist echt gemein. Ich werde unsere Mutter fragen, ob ich dich nicht gegen einen Hund eintauschen kann.«

Es war kein Geheimnis, dass ich mir statt einer Schwester immer einen Hund gewünscht hatte. Als ich etwa fünf Jahre alt war, schob ich Flippi im Kinderwagen durch den Park. Dort traf ich Svea, mit der ich im Kindergarten war. Svea war mit ihrem Hund spazieren. Der ging ihr ziemlich auf die Nerven. Ich bot ihr an, ihren Hund gegen meine Schwester einzutauschen. Svea war total happy, denn sie hatte sich schon immer eine Schwester gewünscht. Also tauschten wir.

Später mussten wir dann wieder zurücktauschen, obwohl Sveas Mutter den Tausch auch klasse fand. Sie mochte Flippi lieber als ihren Hund. Aber meine Mutter war nicht damit einverstanden. Sie wollte Flippi zurück.

Oh Mann, was mach ich bloß? Nächste Woche kommen Justus und Lukas und ich muss mich entscheiden.

Dienstag, 14. September, morgens

Also, manchmal denke ich, mein Hirn hat etwa die Größe einer Erbse. Da hab ich eine schlaflose Nacht und grübele, wen von beiden ich wählen soll. Aber es kommt niemand! Diese Lucilla macht mich ganz wirr. Ich werde ihr heute in der Schule meine Meinung sagen. Jetzt ist Schluss! Ich hab die Nase voll!

Übrigens hat sich Nils gestern nicht einmal bedankt. Also für die Leserbrief-Antworten, meine ich. Ich war zweimal im Computerraum, aber Nils war nie da. Und ich wollte sie ihm persönlich geben. Also hab ich bis nach der Schule gewartet und bin dann zu ihm. Er musste aber dringend heim. Ich lief ein Stück neben ihm her, um noch mit ihm über meine Antworten zu sprechen, falls es nötig wäre. Aber es war nicht nötig. Er nahm die Antworten, ohne einen Blick darauf zu werfen, und ging weiter. Ich hinterher und versuchte mit ihm zu plaudern. Wollte wissen, wie er meinen Schreibstil findet und so und ob er nicht auch der Meinung wäre, als Kummerkastentante verschwende ich mein Talent. Ich könnte ganz andere Reportagen machen.

Aber Nils ist wohl kein Plaudertyp. Nach einer Weile blieb er stehen und meinte: »Hör mal, ich muss die Sachen erst mal durchlesen, bevor ich dir sagen kann, wie ich sie finde.«

Na, da hatte er natürlich Recht. Hab ich gar nicht dran gedacht.

»Klaro«, sagte ich und lief weiter neben ihm her.

Dabei war das überhaupt nicht mein Heimweg. Das fiel mir erst ein, als er mich fragte: »Wo wohnst du eigentlich?«

Ich blieb einen Moment stehen und runzelte die Stirn. Was sollte ich sagen? »Äh …«

»Hast du vergessen, wo du wohnst?«

»Ach«, meinte ich leichthin, »wir ziehen so oft um, da komme ich manchmal durcheinander.«

Er schüttelte ungläubig den Kopf. Plötzlich war es mir total peinlich, dass ich neben ihm hergewatschelt bin.

Ich tat so, als würde ich scharf nachdenken. »Gut, dass du gefragt hast. Ich muss in die andere Richtung!« Sprach's, drehte mich um und ging davon. Gott sei Dank konnte er nicht mehr sehen, wie ich rot anlief. Peinlich, peinlich. Was wird der nur von mir denken!

Pah, ist mir doch egal. Ich schreibe zufällig für die Schülerzeitung und er ist zufällig der Chefredakteur. Das ist alles. Genau.

Dienstag, 14. September, abends

Hab mit Lucilla gesprochen. Alles geklärt. Eigentlich ist sie doch ganz nett.

Erst mal war ich richtig sauer und fing an, ihr Vorwürfe zu machen.

Sie war total zerknirscht. »Ich hab's doch nicht böse gemeint, Jojo. Echt.«

»Ja, ich weiß. Aber …«

Lucilla fiel mir ins Wort: »Ich hab's sogar gut gemeint.«

»Ja schon, aber …«

»Weißt du, ich finde dich superspitzenklasse. Und ich bin echt froh, dass du meine Freundin bist. Du bist meine beste Freundin.« Lucilla guckte mich mit treuen Hundeaugen an. »Und die anderen löchern mich immer, was es bei dir Neues gibt … und irgendwie ergibt dann ein Wort das andere und plötzlich … Also, genau genommen sind die anderen daran schuld.«

Hm, so hatte ich das eigentlich bisher nie gesehen. Ich überlegte einen Moment.

Lucilla bekam schon wieder Oberwasser und meinte: »Und außerdem könnte es doch genau so sein. Also theoretisch.«

»Na ja, theoretisch schon, aber …«, gab ich zu.

»Siehst du!«, unterbrach sie mich.

Irgendwie wusste ich nicht mehr, was ich sagen sollte. Lucilla nutzte meine Unsicherheit, legte den

Arm um mich und meinte: »Also komm, lass uns mal euer Zusammentreffen planen. Ich denke, du solltest beide am nächsten Mittwoch einladen. In die Eisdiele. Wir sitzen dann alle am Nebentisch und tun so, als würden wir dich nicht kennen.«

»Lucilla! Justus und Lukas kommen nicht!«

»Hast du sie noch nicht angerufen?«

»Nein!«

»Wieso denn? Ich finde, mein Plan ist ganz ausgezeichnet. Schließlich will ich dir ja nur helfen.«

»Ich will sie aber nicht anrufen.«

»Soll ich sie für dich anrufen und einladen?«

Meine Stimme klang ziemlich schrill, als ich »Nein!« schrie.

Lucilla erschreckte sich richtig. »Sei doch nicht gleich so aggressiv. Ich meine es doch nur gut.«

Ich hätte heulen können. Was macht man mit einer solchen Freundin?

Lucilla baute sich vor mir auf, verschränkte die Arme und forderte: »Nenn mir einen Grund, warum nicht!«

Oh Mann. Kann mich denn keiner retten? Von mir aus selbst Flippi.

Flippi! Ja! Diese kleine Kröte ist klasse! Jetzt wusste ich, was sie gemeint hatte. »Ich hab Schluss gemacht!«, rief ich fröhlich.

»Du hast mit Justus Schluss gemacht?« Lucilla klang vorwurfsvoll.

»Ja«, jubelte ich und strahlte. Flippi ist genial. Ich werde frischen Salat für ihre Schnecken kaufen.

Lucilla kratzte sich nachdenklich am Kopf und murmelte: »Das ändert natürlich alles.«

Ich nickte eifrig. Allerdings. Das änderte wirklich alles. Was für ein Glück.

Lucilla war fertig mit Nachdenken, zuckte mit den Schultern und meinte: »Okay, dann schauen wir uns halt nur deinen Lukas an.«

Ich kriegte schon wieder einen Panikanfall, aber der war gleich überwunden. »Mit dem hab ich auch Schluss gemacht!«

»Wie bitte?! Wie kannst du denn so was tun? Jetzt hast du ja gar keinen Freund mehr. Das war aber dumm von dir!«

Ich fand das gar nicht dumm. Ich fand das oberschlau von mir.

Lucilla schaute mich etwas ärgerlich an. »Da muss ich erst mal neu denken.«

»Lass dir Zeit«, sagte ich gönnerhaft. Alle Zeit der Welt. Ich war aus dem Schneider, mein Problem war gelöst.

Mittwoch, 15. September

Wieso lerne ich eigentlich nichts? Von wegen »Problem gelöst«. Meine Probleme sind nie gelöst. Schon gar nicht, wenn ich glaube, sie seien gelöst. Und wenn ein Problem doch durch irgendein Wunder gelöst ist, taucht sofort wieder ein neues auf.

Mit frischem Schwung lief Lucilla heute Morgen in der Schule auf mich zu. Sie strahlte. »Also, pass auf, ich habe mir gestern Abend mal dein Leben von allen Seiten betrachtet. Und jetzt weiß ich, was dein Problem ist.«

Mein Problem? Mein Problem heißt Lucilla! Aber das konnte ich ja nicht sagen. Deshalb fragte ich nur vorsichtig: »Was hab ich denn für ein Problem?«

»Jungs«, war die knappe Antwort.

Na, dafür hätte sie keine schlaflose Nacht verbringen müssen. Das hätte ich ihr gleich sagen können. Mein Leben ist eh ein Chaos, und wenn Jungs ins Spiel kommen, wird es zur Katastrophe.

»Du brauchst einen neuen Freund!«, entschied Lucilla.

»Waaas?« Wieso? Warum? Was ist mit mir nicht in Ordnung? Die meisten Mädchen aus unserer Klasse haben keinen Freund. Alle sind zwar in irgendwen verknallt, und wer in niemanden verknallt ist, denkt sich jemanden aus. Aber einen echten Freund hat keine. Wieso brauche ausgerechnet ich einen Freund?

»Aber diesmal werden wir darauf achten, dass er in derselben Stadt wohnt wie du. Solche Longdistance-Beziehungen gehen eben auf Dauer nicht gut.«

Hört, hört. Lucilla, die lebenserfahrene Ratgeberin.

»Lucilla, ich denke nicht, dass ich …«, versuchte ich vorsichtig einzuwenden, aber ohne Erfolg.

»Ich weiß, ich weiß«, unterbrach sie mich und tätschelte mir die Wange. »Du glaubst jetzt vielleicht, du findest keinen anderen mehr. Aber das Gefühl hat man jedes Mal nach einer Trennung. Dann denkt man immer, man werde für den Rest seines Lebens mutterseelenalleine zu Hause rumsitzen.«

Oh ja, Lucilla musste es ja wissen. Tzz.

»Aber das ist gar nicht so«, meinte Lucilla, »keine Angst. Ich kümmere mich um dich.«

Spätestens jetzt war Angst angesagt. Das konnte nicht gut gehen. Die nächste schlaflose Nacht würde wohl meine sein.

Donnerstag, 16. September

Heute war echt nicht mein Tag.

Erst mal kam dieser dämliche Nils zu mir, gab mir meine Leserbrief-Antworten wieder zurück und meinte ziemlich unfreundlich: »Hör mal, wir sind schließlich kein Satireblatt. Nimm deine Arbeit gefälligst ernst.«

Ich war voll empört. »Ach ja, und wer hat damit angefangen? Wenn du mir auch solche dämlichen Briefe gibst!«

Nils schüttelte den Kopf. »Hör mal, ich kapier dich echt nicht. Was soll das? Das sind Leserbriefe und die müssen beantwortet werden. Ob die dämlich sind oder nicht, ist nicht mein Problem. Ich denk sie mir ja nicht aus!«

Ich war verblüfft. »Echt nicht?«

Nils kriegte Riesenaugen. »Sag mal, tickst du noch richtig oder willst du mich zum Narren halten?«

Das war mir jetzt aber wirklich peinlich. »Nee du, echt, tut mir Leid. Das war ein Missverständnis. Ehrlich.«

Nils schien etwas besänftigt. »Wenn dir ein Brief wirklich zu blöd ist, beantworte ihn halt direkt. Nicht über die Zeitung.«

Ich war froh, dass er nicht mehr so sauer war, und meinte dankbar: »Das ist nett von dir. Tausend Dank.«

Nils schaute irritiert. »Dafür musst du mir doch nicht danken.«

»Oh! Okay, entschuldige bitte.« Ich war jetzt wirklich verwirrt.

Er schüttelte den Kopf. »Irgendwie werd ich nicht schlau aus dir.«

Ich lächelte müde und zuckte die Schultern. »Ich, ehrlich gesagt, auch nicht.«

Nils sah mich einen Moment ausdruckslos an, dann schaute er wieder auf die Briefe. »Ich werde bestimmt bereuen, dass ich dir die Frage stelle, aber es interessiert mich doch: Was bitte soll ›Agathe‹ bedeuten?«

Ich lachte ihn aus. »Ja glaubst du im Ernst, ich schreib so was unter meinem eigenen Namen?«

Das war wohl zu viel für den armen Nils. Er bemühte sich um einen knallharten Gesichtsausdruck. »Sag mal, willst du nun den Job machen, oder nicht?«

Das fand ich jetzt echt unverschämt. Ich lass mich doch nicht von einem Fünfzehnjährigen ins Bockshorn jagen.

»Also, wenn du mir nicht mal so viel künstlerische Freiheit einräumst, dann kannst du selbst die Kummerkastentante spielen.«

Als er »okay« sagte und ging, war ich etwas aus dem Konzept. So hatte ich mir das nicht vorgestellt. Ich dachte, Chefredakteure würden um ihre Reporter kämpfen. Dass er mich so ohne weiteres sang- und klanglos abziehen ließ, fand ich voll daneben.

Ich hätte es ihm gerne gesagt, aber er war schon weg und ich stand ziemlich blöd mit meinen Zetteln in der Hand auf dem Schulhof.

Da kam Lucilla fröhlich zu mir und wedelte mit einem Blatt Papier. »Das ist die Liste, die ich zusammen mit den anderen aufgestellt habe.«

Was für eine Liste? Lucilla hielt sie mir vor die Nase. Überschrift: *Mögliche Kandidaten für Jojo.*

Mir wurde übel.

»Die Liste müssen wir heute Nachmittag zusammen durchgehen. Du sagst, wer infrage kommt und wer nicht«, bestimmte Lucilla in geschäftsmäßigem Ton. »Dann stimmen wir ab.«

Ich brachte kein Wort raus, sondern nickte nur ergeben. Was sollte ich tun?

Ich tat, was jeder vernünftige Mensch tun würde: Ich ging nicht hin. Ich schickte Flippi vorbei, sie solle ausrichten, dass ich krank sei.

»Und, was haben sie gesagt?«, fragte ich Flippi, als sie nachmittags wiederkam.

»Och, nicht viel. Sie waren etwas enttäuscht, dass du nicht dabei warst. Und dann haben wir abgestimmt. Alles paletti.«

»Moment mal. Was heißt, ihr habt abgestimmt?«

Flippi fischte einen zerknäulten Zettel aus ihrer

Hosentasche und reichte ihn mir. »Hier ist unsere Hitliste.«

»Wieso ›unsere‹? Hast du etwa mitgemacht?!«

Flippi nickte. »Lucilla meinte, als deine Schwester müsse ich ja denselben Geschmack wie du haben, und dass ich dabei wäre, sei eigentlich fast so gut, als wenn du selbst da wärst.«

»Flippi! Du bist ja so … so … ich weiß gar nicht, was ich sagen soll!«

Flippi plusterte sich auf. »Also hör mal! Ich dackel da hin, weil du mich anjammerst und um Hilfe bittest. Und dann beschwerst du dich noch?«

Ich wusste genau, dass Flippi im Unrecht war, konnte aber irgendwie kein Argument finden, um das zu beweisen.

Ich riss ihr den Zettel aus der Hand und warf einen Blick auf die Liste. »Jürgen Bodemann? Spinnt ihr? Das ist unser Physiklehrer.«

»Er ist nicht verheiratet. Ich hab extra nachgefragt«, verteidigte sich Flippi. »Dann nimm halt den Nächsten auf der Liste.«

»Michael York«, brüllte ich Flippi an, »das ist ein Sänger. Den kenn ich überhaupt nicht.«

»Sicher kennst du ihn, hast doch CDs von ihm.«

»Du weißt, wie ich das meine. Außerdem wohnt der in London. Und Lucilla hat selbst gesagt, es müsse jemand sein, der in derselben Stadt wohnt.«

Damit hatte ich verloren. Jetzt hatte ich mich auf das Spiel eingelassen.

Flippi nahm den Zettel, schaute drauf und gab mir Recht. »Allerdings, das stimmt.« Sie nahm einen Stift von meinem Schreibtisch und strich noch zwei weitere Kandidaten von der Liste: einen Hollywood-Schauspieler und einen italienischen Fußballstar.

Ich schaute ihr über die Schulter und nickte zufrieden. »Und auch alle über 25!«, verlangte ich. Flippi strich sie brav von der Liste.

Ich hatte das Gefühl, die Sache wieder im Griff zu haben. Schließlich ging es ja um mich und da konnte ich wohl auch bestimmen, wer infrage kommt und wer nicht.

Als Flippi fertig war, drückte sie mir den Zettel in die Hand und ging zur Tür. In der Tür drehte sie sich noch mal um. »Du hast zwei Wochen Zeit.« Und weg war sie.

Zwei Wochen? Wofür? Wofür hab ich zwei Wochen Zeit?

Freitag, 17. September

»Um den Mann deiner Träume zu erobern«, klärte mich Lucilla heute in der Schule auf.

»Das sind aber alles Männer *eurer* Träume. Ich finde keinen davon gut«, entgegnete ich.

Ich hatte mir vorgenommen mich zu nichts zwingen zu lassen. Gruppendruck nennt man das. Man tut Dinge, nur weil die anderen es von einem verlangen. Meine Mutter redet öfter davon und meint, das wäre sehr gefährlich. Tja, nicht mit mir.

Ich gab Lucilla die Liste und sagte klipp und klar: »Das ist völliger Blödsinn. Ohne mich.«

Hoch erhobenen Hauptes schritt ich davon. Leider kam keiner hinter mir hergerannt.

Den Rest der Pause über gluckten die Hühner um Lucilla herum und beratschlagten. Ich stand völlig allein da und hielt schon nach Flippi Ausschau, um überhaupt jemand zu haben, mit dem ich reden konnte.

Aber Flippi zischte mir zu, ich solle Abstand halten, sie wolle nicht mit mir gesehen werden, weil ich in ihrer Klasse nicht gerade als besonders cool gälte.

Da hab ich mich auf eine Bank gesetzt und mein Schinkenbrot eben allein gegessen.

»Na, spielt mit dir auch keiner?«, fragte eine Piepsstimme.

Die Besitzerin der Piepsstimme setzte sich neben mich und packte ein Harzer-Käse-Brot aus. Mir verschlug es den Atem.

»Weißt du, da musst du dich nicht schlecht fühlen. Ich bin auch immer allein«, sagte das Knirpsmädchen.

»Vielleicht sollte deine Mutter dir mal Schinkenbrote mitgeben«, schlug ich vor.

»Ich heiße Johanna und bin gestern neun geworden. Ich sammle Briefmarken. Wenn du willst, können wir Freundinnen werden.«

Ich glaub's ja nicht. Wer hat sich denn diesen Gag für mich ausgedacht?!

»Weißt du«, versuchte ich es höflich, »meine Mutter erlaubt mir nicht, mit fremden Kindern zu reden. Wenn sie wüsste, dass wir uns gerade unterhalten, würde ich ziemlichen Ärger bekommen.«

Das Mädchen nickte verständnisvoll. »Genau wie meine Mutter.«

Ich nickte ebenfalls verständnisvoll. Und dann kam Gott sei Dank das erlösende Klingelzeichen, das die Pause beendete.

Samstag, 18. September

Ein total öder Samstag. Niemand rief mich an, keiner besuchte mich. Ich fing schon an zu bereuen, dass ich Johanna-mit-dem-Käsebrot hatte abblitzen lassen.

Vielleicht hätte ich mir ja doch einen Jungen von der blöden Liste aussuchen sollen?

Nein! Das kommt gar nicht infrage. Ich will nicht, und damit basta. Sollen die Hühner sich doch selbst einen Typen aussuchen, wenn sie Pep in ihr Leben bringen wollen. Wieso denn ich?!

Außerdem hab ich sowieso keine Zeit mehr für diese albernen Mädchentreffs und das Gekicher über Jungs. Ich bin ja jetzt Journalistin. Ich habe Artikel zu schreiben. Genau.

Dann fiel mir die verpatzte Nummer mit den Leserbrief-Antworten wieder ein. Zu blöd, dass ich den Job hingeschmissen hab. Das war vielleicht doch zu voreilig. Ob Nils mir wohl eine zweite Chance gibt?

Das mit Nils ist eine komplizierte Sache. Erst find ich ihn echt super, dann doof, dann wieder klasse. Immer so hin und her. Das macht mich irgendwie schwindelig. Mir wäre es eigentlich ganz lieb, wenn ich ihn entweder doof oder toll finden würde. Aber doch nicht jeden Tag anders.

Die meisten finden Nils gut. Und wenn ich ihm nicht gerade gegenüberstehe, find ich ihn auch toll. Ziemlich toll. Aber immer, wenn wir miteinander reden, ist er irgendwie so unverschämt und überheblich zu mir, dass ich ihn oberbescheuert finde!

Ein ziemlich launischer Kerl. Typisch Junge. Oder ist das typisch für Mädchen? Egal. Er geht mir jedenfalls auf den Keks.

Also, was mache ich jetzt? Ich kann den ganzen Kram hinschmeißen und das war's dann. Na ja, genau genommen habe ich das ja bereits getan. Auch gut, dann muss ich mich wenigstens nicht mehr mit diesem blöden Nils rumärgern.

Andererseits sollte ich vielleicht nicht so schnell aufgeben. Nicht gleich die Flinte ins Korn werfen. Ich meine jetzt wegen der Liebesbriefe. Huch, »Leserbriefe« natürlich. Ich denke, ich sollte aus rein journalistischen Gründen noch mal versuchen perfekte Antworten zu schreiben. Und das hat jetzt nichts mit Nils zu tun.

Ist mir egal, ob ich dann wieder mitarbeiten darf oder nicht. Es geht ums Prinzip.

Genau. Ich kann's zumindest versuchen.

Die blöden Leserbriefe werde ich diesmal mit mehr »sittlicher Reife« beantworten (Lieblingsausdruck meiner Patentante. Sie behauptet immer, daran würde es mir fehlen!).

Also, her mit den dämlichen Briefen! Kummerkastentante Agathe hat jetzt Sprechstunde.

Sonntag, 19. September

Kann man einen Tag rückgängig machen? Ich meine, es muss doch irgendwo eine Stelle geben, bei der man beantragen kann einen Tag nicht gelten zu lassen und einen neuen zugeteilt zu bekommen. Genau so was bräuchte ich jetzt. Hab mich völlig blamiert.

Dabei fing alles so gut an. Bin heute Mittag mit meinen überarbeiteten Leserbrief-Antworten in die

Schule, um sie Nils zu geben, damit ich meinen Job wieder zurückbekomme.

Nils war nicht da. Bloß Benny, sein Stellvertreter. Ich gab ihm die Antworten und sagte: »Das sind jetzt die Seiten, die gedruckt werden können. Ich hab alles überarbeitet. Nils weiß Bescheid.«

Benny nickte und ich dackelte wieder ab.

Schade, dass Nils nicht da war. Er ist immer so herrlich angenervt, wenn er mich sieht. Irgendwie macht es mir Spaß, ihn auf die Palme zu bringen.

Als ich wieder zu Hause war, fand ich auf meinem Schreibtisch unter all meinem Gewusel ein paar Zettel.

Ich wollte sie schon wegwerfen, guckte dann etwas genauer drauf und mir wurde leicht übel: Es waren die überarbeiteten Antworten auf die Leserbriefe. Die mit »sittlicher Reife« geschriebenen.

Ich stutzte und dachte: »Wie kann denn das kommen?« Und schon war mir klar, dass ich alles vermasselt hatte. Statt der neuen hatte ich wieder die alten Antworten abgegeben, die mir Nils symbolisch um die Ohren gehauen hatte. Na, das war ja fantastisch gelaufen. Bravo, Jojo. Nils muss mich für voll dreist oder für oberbescheuert halten. In beiden Fällen bekam ich meinen Job nicht zurück. Mist, Mist, Mist. Das musste ich ausbügeln. Irgendwie wieder in Ordnung bringen.

Ich also wieder zurück in die Schule. Benny war

nicht mehr da, aber Daniel, der Notdienst machte. Notdienst, bei einer Schülerzeitung! Die haben doch einen Sockenschuss! Was wäre denn ein redaktioneller Notfall, über den auf der Stelle berichtet werden müsste – wenn der Cola-Automat der Schule leer ist? Aber bitte.

»Wo ist Benny?«, wollte ich wissen.

»Weg«, sagte Daniel kurz angebunden. Offensichtlich hatte er Anweisung, nicht zu freundlich oder ausführlich mit mir zu reden.

»Wo sind meine Leserbrief-Antworten?«

»Keine Ahnung.«

»Ich hab sie erst vor 'ner Stunde hier abgegeben.«

Daniel zuckte die Schultern. »Benny hat sie vielleicht zu Nils gebracht.«

»Nach Hause?« Ich war beunruhigt.

»Was dachtest du denn? Zum Bahnhof?«

Schnarchnase. »Wo wohnt Nils?«

»Wir geben keine Privatadressen raus«, bellte Daniel, drehte sich um und tat so, als würde er wichtige Zettel ordnen. Das Gespräch war offensichtlich für ihn beendet.

Bitte, von mir aus.

Ich schnappte mir ein Telefonbuch, suchte Nils' Adresse raus und machte mich auf den Weg.

Unterwegs versuchte ich mir verschiedene Argumente zurechtzulegen, denn eins war klar: Ich würde nicht hingehen und sagen: »Tut mir Leid, ich hab meine eigenen Antworten verwechselt. Hier sind die neuen, mit denen ich beweise, dass ich absolut zuverlässig und organisiert arbeiten kann.«

Ich musste irgendwie einen Austausch vornehmen, ohne dass Nils etwas davon mitbekam.

Als ich klingelte, wusste ich allerdings immer noch nicht, wie.

Sein Vater öffnete. »Nils ist nicht da, er ist mit Benny weggegangen. Gerade eben. Wenn du dich beeilst, kannst du die beiden vielleicht noch erwischen.«

»Nee, ich wollte eigentlich nur was abgeben.«

»Okay, das kannst du mir gerne geben.«

»Nein! Ich soll ja was abholen. Abholen soll ich, nicht abgeben. Hab ich verwechselt. Tut mir Leid.« Ups, das war zu schnell und leicht panisch.

Nils' Vater guckte mich misstrauisch an. »Was denn?«

»Einen Umschlag?«, sagte ich versuchsweise und leicht fragend.

Nils' Vater sagte nichts.

»Er liegt auf seinem Schreibtisch. In Nils' Zimmer.« Mit diesem Satz machte ich die ganze Angelegenheit irgendwie glaubwürdig. Nils' Vater entspannte sich und ich drückte mir die Daumen, dass auf Nils' Schreibtisch tatsächlich der Umschlag lag.

»Hat das mit der Schülerzeitung zu tun?«

»Allerdings«, sagte ich in wichtigem und offiziellem Ton und machte ein ernstes Gesicht.

Der Vater nickte, ließ mich ins Haus und meinte: »Dann hol ihn dir mal.«

Ich stand unschlüssig da. Wo war Nils' Zimmer?

»Warst du noch nie hier?«, fragte der Vater.

»Ich finde Nils' Zimmer schon«, meinte ich und beglückwünschte mich zu der perfekten Antwort: Keine Lüge, aber auch nicht die Wahrheit.

Ich machte mich auf den Weg nach oben. In Häusern wie diesem sind die Kinderzimmer immer oben. Da kann man sich nicht irren. Das ist ein ungeschriebenes Gesetz.

»Nils' Zimmer ist hier unten, dritte Tür rechts«, hörte ich die Stimme des Vaters. Ich drehte mich um, er wies den Flur entlang. Erdgeschoss! Ich kam die Treppe wieder runter. Peinlich.

In Nils' Zimmer versuchte ich mir in Sekundenschnelle einen Überblick zu verschaffen. Was übrigens total leicht war, der Knabe ist nämlich voll ordentlich. Bei mir dagegen sieht's immer aus, als müsste eine Bergungsmannschaft dringend Rettungsmaßnahmen durchführen.

Auf dem Schreibtisch lag ein großer Briefumschlag mit dem Namen unserer Schülerzeitung drauf. Benny hatte meinen Artikel offensichtlich bereits bei Nils abgeliefert. Was bin ich doch für ein Glückspilz!

Ich schnappte mir den Umschlag und verabschiedete mich artig von Nils' Vater.

Draußen merkte ich, dass ich leider vergessen hatte meine Antworten dazulassen, aber diesem Problem würde ich mich später widmen.

Zu Hause schmiss ich mich sehr zufrieden auf mein Bett und fand, dass mein Leben echt prima war und ich doch aus jeder noch so vertrackten Situation wieder rauskam. Ich war stolz auf mich.

Drei Stunden lang. Bis es klingelte. Und meine Mutter einen empörten Nils in mein Zimmer schob.

Er blickte sich in meinem Zimmer um, zog dabei verächtlich die Mundwinkel runter und dachte wohl, was ich jeden Tag denke, wenn ich in mein Zimmer komme: »Mann, wie sieht das hier bloß aus? Kann ein Mensch in dieser Unordnung länger als zwei Tage überleben?«

Nils sichtete trotz des Chaos den Umschlag und nahm ihn einfach an sich.

Ich sprang auf und versuchte ihm das Kuvert wieder abzunehmen.

»Lass los!«, befahl er.

»Nein«, jammerte ich, »das kannst du nicht drucken. Echt nicht. Das wäre ein Fehler.«

»Das geht dich überhaupt nichts an. Ich entscheide hier.«

»Aber nicht, wenn es mich betrifft.«

»Es betrifft dich nicht!«

»Ach ja, wer sagt das?«

Inzwischen bekam ich den Umschlag zu fassen

und ein Wettziehen entstand. Der Umschlag hielt das nicht lange aus – es machte ratsch.

Jeder von uns hatte einen Teil in der Hand. Ich den kleineren, aber wen wundert das. Das ist immer so bei mir. Ich ziehe immer den Kürzeren.

»Was geht dich mein Leitartikel an?«, schnauzte Nils.

»Dein *was?*« Ich zog einen Teil des Inhaltes aus dem Umschlag und schaute auf den Fetzen Papier in meiner Hand. Es war zwar nicht besonders viel, aber eindeutig zu lesen: *Schüler – die Stiefkinder des Bildungssenators, von Nils Berghanner.*

Ich starrte auf das Papier und dachte, ich muss in Ohnmacht fallen. Das gibt's doch gar nicht. Das ist ja superoberpeinlich. Ich hatte Nils' Leitartikel geklaut! Von seinem Schreibtisch. Aus seinem Zimmer. Ich saß voll in der Tinte. Das war nicht zu erklären. Nicht mal die Wahrheit würde sich jetzt noch gut anhören.

»Wie kommst du dazu, bei mir zu Hause aufzutauchen und meinen Leitartikel einzukassieren?«

Ich starrte auf die Überschrift. »Du wirst ziemlichen Ärger kriegen, wenn du das veröffentlichst!«

»Wie bitte?«, fragte Nils entrüstet.

Er war wohl nicht davon zu überzeugen, dass ich es gut gemeint hätte mit ihm. Ich versuchte einen anderen Ansatz: »Woher weißt du überhaupt, dass ich das war?« Ablenkung könnte mich jetzt vielleicht retten.

Konnte es nicht. Nils warf sich in Positur und meinte kalt: »Als mein Vater zu mir sagte: ›Ein etwas konfuses Mädchen war eben hier‹, war mir klar, dass nur du das gewesen sein konntest.«

Ich wollte was erwidern, aber er war schon am Gehen.

Ich war völlig vor den Kopf geschlagen. An der Tür blieb er stehen und meinte: »Und lauf mir bloß nicht mehr über den Weg. Du hast ab jetzt Hausverbot, die Redaktion zu betreten.«

»Unter solchen faschistoiden Arbeitsmethoden weigere ich mich sowieso, für euch auch nur eine Zeile zu schreiben.« Das saß. Jetzt muss ich nur noch im Wörterbuch nachgucken, was »faschistoid« bedeutet. Was auch immer es heißt, ich fand, es klang ganz hervorragend.

Als Nils weg war, ging mir das komplette Ausmaß der Katastrophe auf. Ich verstand das Leben einfach nicht. Wieso immer ich? Wieso passieren immer mir die peinlichsten Dinge? Wer fädelt das alles so ein, dass ich nachher dastehe wie der Oberdepp?

Ich will Nils nie wieder sehen. Kann ja nicht so schwer sein, ihm aus dem Weg zu gehen, bei fast tausend Schülern in unserer Schule.

Bin nur echt froh, dass das niemand mitgekriegt hat.

Obwohl, das wäre nun auch egal. Mit diesen dummen Hühnern will ich eh nichts mehr zu tun haben. Und Lucilla ist auch nicht besser als die anderen. Irgendwie reitet sie mich immer in einen Schlamassel rein. Und so was will eine Freundin sein.

Montag, 20. September

Mein Leben ist zu Ende. Das war's. Bye-bye, ciao, hasta la vista. Dumm gelaufen. Schade auch.

Heute in der Schule schlenderte ich zu den Mädels hin und tat so, als sei nichts passiert.

Anna fragte: »Was ist denn nun mit der Liste, Jojo? Hast du dir schon einen ausgesucht?«

Erst wurde mir etwas elend, aber dann sagte ich mit fester Stimme: »Nein, ich halte das für keine gute Idee.«

Carla fragte spöttisch: »Sind die Trauben sauer, weil sie zu hoch hängen?«

Ich muss wohl etwas verwirrt geguckt haben, denn Carla fühlte sich bemüßigt es genauer zu erklären. Und zwar den anderen. Sie wandte sich an die Hühner und sagte: »Jojo kneift, weil sie weiß, dass sie sowieso keinen erobern kann. So unwiderstehlich ist sie eben doch nicht.«

Da machte sich Lucilla für mich stark: »Ist doch gar nicht wahr. Jojo kann jeden Jungen haben, den sie will.«

Das fand ich total süß von Lucilla. Ich lächelte sie dankbar an.

Aber Carla gab keine Ruhe: »Ach ja? Jeden?«

Lucilla blieb dabei. Mit fester Stimme behauptete sie: »Ja, jeden. Nenn mir einen und Jojo ist spätestens in vierzehn Tagen mit ihm befreundet!«

Genau. Hach. Denen hatte es Lucilla aber gegeben. Ich war sehr froh sie als Freundin zu haben.

Die Hühner sahen Carla an. Jetzt war sie wieder dran. Carla überlegte, blickte sich auf dem Schulhof um und sagte: »Okay, alles klar. Wir wetten. Der nächste Junge, der aus dem Schulgebäude kommt, wird unser Kandidat.«

Lucilla blickte Carla hochmütig an und meinte: »Wir nehmen die Wette an.«

Alles starrte gespannt auf die Tür, ich entsetzt auf Lucilla. Wie konnte sie nur?!

Ein Raunen ging durch die Gruppe, als die Tür aufging und ein Typ den Schulhof betrat.

»Nils Berghanner!«, brüllten alle wie aus einem Mund.

Carla blickte Lucilla herausfordernd an: »Das wird nicht einfach!«

»Das machen wir mit links«, entgegnete Lucilla, legte ihren Arm um meine Schultern und zog mich zur Seite. »Denen zeigen wir's, was, Jojo! Das ist doch eine Kleinigkeit für dich.« Als sie mein ausdrucksloses Gesicht sah, meinte sie: »Enttäusch mich nicht!«

Wie war denn das jetzt wieder passiert? Wie gerate ich immer in solche Situationen? Und warum ausgerechnet Nils? Ich war wie betäubt.

Ich werde meine Mutter bitten, dass wir umziehen. Das ist die einzige Möglichkeit, da wieder rauszukommen.

Dienstag, 21. September

Meine Mutter will nicht umziehen. Sie meint, wenn wir jedes Mal umziehen würden, wenn Flippi und ich uns in irgendwelche Schwierigkeiten bringen, könnten wir gleich einen Wohnwagen mieten.

Sie wollte wissen, was denn nun schon wieder passiert wäre.

»Noch ist nichts passiert. Der Umzug ist eine vorbeugende Maßnahme!«

»Zur Vorbeugung nimmt man Vitamin C und zieht nicht um«, lautete die lapidare Entgegnung meiner Mutter. Sie setzte sich neben mich. »Jojo! Sag mir bitte, was los ist.«

In diesem Moment kam Flippi rein, sah meine Mutter und mich, und die Situation war ihr sofort klar. »Oh nein, ist es mal wieder so weit?«

Wir ignorierten Flippi und ich antwortete meiner Mutter: »Ich will nicht darüber reden.«

Meine Mutter seufzte und stand auf. Dann hatte

sie eine Idee: »Jetzt mache ich für uns alle Kaiserschmarren!«

Flippi maulte sofort: »Ich hab doch gar nichts angestellt. Wieso muss ich denn auch was essen?!«

Ein bitterböser Blick meiner Mutter traf sie. Ehrlich gesagt war ich auch nahe daran, alles zu gestehen. Wenn meine Mutter aber auch solche Foltermethoden anwendet und mit selbst gekochtem Essen droht.

»Warum Kaiserschmarren?«, fragte ich kläglich. Was war gegen eine Tüte Chips einzuwenden?

Meine Mutter grinste. Sie konnte ihre Kochkünste sehr gut einschätzen. »Weil man da nicht merkt, wenn der Pfannkuchen nicht gelungen ist.«

Flippi war sauer auf mich und meckerte: »Nur deinetwegen! Weil du dein Leben nicht in den Griff bekommst!«

Ich war wirklich zerknirscht. »Tut mir Leid.«

Und ich tat mir Leid. Als ob ich nicht schon genug Probleme hätte. Jetzt auch noch Mutters Kaiserschmarren. Ich bin ein Problem-Magnet. Ich ziehe Probleme einfach an, ob ich will oder nicht.

»Fällt dir nichts ein?«, wandte ich mich an Flippi. Doch die schaute mich nur verächtlich an.

Die Sache erledigte sich dann aber von selbst. Flippi sorgte dafür – übrigens ohne dass sie etwas dafür konnte. (Na ja, ganz unschuldig daran war sie nicht.) Die ganze Kocherei fiel nämlich ins Wasser. Buchstäblich, denn als meine Mutter in die Küche kam, stand sie knöcheltief im Wasser. Fassungslos blickte sie auf das Spülbecken. Dort war am Wasserhahn ein Schlauch angebracht, aus dem unaufhörlich Wasser auf den Küchenboden lief. Unterhalb der Spüle schwamm ein Pappkarton.

»Au verflixt«, rief Flippi, »meine Schnecken!« Sie rannte an meiner Mutter vorbei und riss den Pappkarton in die Höhe.

Meine Mutter hechtete an Flippi vorbei und drehte das Wasser ab. »Flippi!«, rief sie, während sie sich zu ihr umdrehte, und klang ziemlich wütend.

Es stellte sich heraus, dass Flippi der Meinung gewesen war, ihre Schnecken bräuchten mal wieder Regen. Und dafür hatte sie gesorgt. Sie hatte den Deckel des Pappkartons mit Löchern versehen und wollte langsam Wasser darüber tropfen lassen, um so den Schnecken unten im Karton einen wunderbaren Sommerregen zu bescheren.

Mitten im schönsten »Regen« war Flippi dann eingefallen, dass sie dringend noch ein paar Steine besorgen musste, damit die Schnecken auf kleine »Felsen« klettern könnten, falls es ihnen am Boden zu nass werden sollte. Und Flippi ging Steine sammeln. Ohne das Wasser abzudrehen, weil sie ja sofort wieder da sein wollte.

Als sie mit den Steinen zurückkam, klingelte das Telefon und sie kam in mein Zimmer. Eigentlich nur um meiner Mutter auszurichten, dass der Anruf für sie sei. Aber das vergaß sie vor Schreck, als meine Mutter mit dem Kaiserschmarren drohte.

»Ach übrigens, Mami, jemand vom Theater will dich dringend sprechen«, fiel ihr jetzt wieder ein.

»Wer?«, fragte meine Mutter ärgerlich, während sie den Boden aufwischte.

»Der Regisseur.«

Meine Mutter hielt inne. »Und was hast du gesagt?«

»Dass ich dir Bescheid sage, er solle kurz warten.«

Meine Mutter richtete sich langsam auf. »*Wo* wartet er?«

»Am Telefon«, meinte Flippi beiläufig, während sie das Wasser aus dem Schneckenkarton kippte. Sie guckte auf die Uhr. »Seit etwa einer Viertelstunde.«

»Flippi! Das darf doch wohl nicht wahr sein! Wie oft habe ich dir gesagt …«

»Mami, ich unterbreche dich ungern, aber ich glaube, es ist unhöflich, wenn du ihn noch länger warten lässt.«

Meine Mutter rannte los, rief über ihre Schulter zurück: »Wir reden gleich darüber, Fräulein. Und übrigens, den Kaiserschmarren könnt ihr euch abschminken.«

»Danke«, sagte ich zu Flippi und half ihr den Küchenboden aufzuwischen.

Meine Mutter war leider nicht dazu zu bringen, mich für ein paar Tage zu Hause zu lassen. Sie bestand darauf, dass ich in die Schule gehe. »Du bist ja schließlich nicht krank«, meinte sie.

Aha! Gute Idee. Ich werde ein Kilo Himbeereis essen, dann hat sich das mit der Schule erst mal erledigt. Aber ich weiß nicht, wie lange ich das durchhalte. Nicht lange. Also auch keine geniale Idee.

Was ist eigentlich, wenn ich es tue? Also auf die dämliche Wette eingehe?

Aber wie befreundet man sich mit einem Jungen, der eindeutig gesagt hat: »Lauf mir bloß nicht mehr über den Weg«?

Vielleicht hat er es ja gar nicht so gemeint? Vielleicht findet er mich toll und traut sich nur nicht, es zuzugeben? Nee. Das ist eher unwahrscheinlich.

Oder: Ich treffe mich mit Nils und erkläre ihm die ganze blöde Geschichte. Ist ja nicht meine Schuld, war ja auch nicht meine Idee. Er kann mir keine Vorwürfe machen.

Ich könnte ihm anbieten, dass ich ihn für den Rest seines Lebens in Ruhe lasse, wenn er sich einmal mit mir verabredet, sodass die blöden Hühner das mitkriegen. Das ist doch ein gutes Angebot.

Aber womöglich ist er noch nicht mal bereit sich auch nur für ein kurzes Gespräch mit mir zu treffen. Ach, schnief, doppel-schnief. Arme Jojo.

Nix arme Jojo! Mir muss was einfallen!

Mittwoch, 22. September

Mir ist was eingefallen und gestern hielt ich das noch für eine richtig gute Idee. Heute nicht mehr. Man sollte echt über jede richtig gute Idee erst mal eine Nacht schlafen.

Also: Ich wollte mich mit Nils treffen, aber weil er sich nicht mit mir treffen würde, hab ich Flippi gebeten ihm einen Zettel zuzustecken, auf dem steht, dass der Bildungssenator jeden Tag um vier mit seinem Hund im Park spazieren geht und dass das eine tolle Möglichkeit wäre, ihn zum Thema Bildungspolitik zu befragen und ein Interview für die Schülerzeitung zu ergattern. Unterschrift: ein Freund. Ich dachte, ein anonymer Tipp würde jeden echten Journalisten neugierig machen.

Ich fand das total clever. So rein zufällig würde ich auch im Park spazieren gehen und Nils so rein zufällig treffen und mit ihm so rein zufällig ins Gespräch kommen. Der Plan war oberklasse. Ohne Makel. Erste Sahne. Ich war sehr stolz auf mich.

Alles hätte perfekt funktioniert, wenn ich nicht Flippi als Schwester hätte. Oh, das mit dem Briefchen hat sie tadellos gemacht. Hat es unbemerkt in seine Jackentasche gesteckt. Sie musste es natürlich etwas dramatisch aussehen lassen, rempelte ihn an und entschuldigte sich unterwürfig bei ihm, während sie immer wieder seine Jacke abklopfte und dabei den Brief in seine Tasche schmuggelte.

Als sie dann stolz bei mir auftauchte und Bericht erstattete, wollte ich wissen: »Wieso hast du denn so einen Aufstand gemacht? Du hättest den Brief auch in seine Jacke stecken können, während sie vor dem Klassenraum hing.«

»Ach, und auf den ganzen Spaß verzichten?«, beschwerte sie sich und wurde dann vorwurfsvoll. »Wenn du immer was zu meckern hast, mach deinen Kram in Zukunft allein! Ich hab mich gewissenhaft darauf vorbereitet! Gestern Abend hab ich extra noch mal ›Oliver Twist‹ gelesen, um die Tricks der Taschendiebe zu studieren!«

»Na, da hättest du dir aber was Zeitgemäßeres aussuchen sollen! Du hast Nils dauernd ›Sir‹ und ›Mylord‹ genannt.«

»Jojo, du gehst mir echt auf den Keks. Und du weißt genau, dass du es später immer bereust, wenn du mich nervst«, drohte sie.

Ich ließ mich nicht einschüchtern. »Spiel dich nicht so auf. Vor dir hab ich keine Angst!« Das war natürlich gelogen. Wenn ich vor jemandem wirklich Angst habe, dann vor Flippi. Aber das würde ich selbstverständlich nie zugeben.

Jedenfalls war der Streit mit Flippi so überflüssig wie ein Pickel auf der Nase. Das sah ich abends ein, als ich Flippis Rache zu spüren bekam. Ich hatte zu Hause beim Mittagessen erzählt, ich müsste kurz vor vier weg, ich hätte mich mit Freundinnen zum Französisch-Lernen verabredet.

Das war schon mal völliger Blödsinn. Ich hätte einfach sagen sollen, ich geh in den Park, und die Sache wäre erledigt gewesen. Aber es musste natürlich irgendwie toll klingen.

Meine Mutter war entzückt: »Das finde ich aber sehr gut von dir, Jojo, dass du freiwillig in deiner Freizeit lernst.« Dann blickte sie auf Flippi, die daneben saß und verächtlich grinste. »Nimm dir ein Beispiel an deiner Schwester, Flippi. Du könntest auch etwas mehr Einsatz in der Schule zeigen!«

Flippi zischte mich an: »Was ist denn das für ein Gesülze, ›Französisch lernen‹! Das glaubst du doch selbst nicht!«

»Kein Streit bei Tisch!«, fuhr meine Mutter dazwischen und ich war ihr sehr dankbar, denn Flippi hielt tatsächlich den Mund. Das hätte mich stutzig machen sollen. Flippi gibt sonst nie so schnell auf. In diesem Moment muss sie wohl ihren Plan gefasst haben.

Ich saß also nichts ahnend in meinem Zimmer und wartete, um dann kurz vor vier aus dem Haus zu gehen. Ich ärgerte mich, dass ich Nils ausgerechnet in den Park bestellt hatte, denn es regnete in Strömen und ich hasse Regen. Ich schnappte mir einen Schirm. Als ich gerade zur Haustür raus wollte, kam mir meine Mutter entgegen, völlig durchnässt und mit Einkaufstüten bepackt.

Sie drückte mir eine Tüte in die Hand. »Das ist lieb, dass du mir hilfst, Jojo. Wie war Französisch?«

Das passte mir alles gar nicht. Ich wollte keine wertvolle Zeit verlieren, nahm aber brav die Einkaufstüte und schleppte sie hoch. »Wir treffen uns jetzt gleich. Ich muss mich beeilen, sonst komme ich zu spät.«

Meine Mutter guckte mich groß an. »Es ist halb sechs. Ihr wolltet euch doch um vier treffen.«

»Halb sechs? Es ist kurz vor vier«, sagte ich und deutete auf die Küchenuhr. Und erschrak. Auf der Uhr war es eindeutig fünf Uhr dreißig. Ich rannte in mein Zimmer. Meine Uhr zeigte inzwischen vier Uhr.

Ich kontrollierte jede Uhr im Haus und musste leider feststellen, dass die überwältigende Mehrheit der Uhren sich auf halb sechs geeinigt hatte. Nur meine ging anderthalb Stunden nach.

Mir war sofort alles klar. Ich raste in Flippis Zimmer.

Sie hatte mich schon erwartet. Mit verschränkten Armen lehnte sie grinsend an der Wand. »Na, Probleme, Jojo? Wie war denn Französisch, du Musterkind?«

»Flippi, das ist so gemein von dir, du hast alles ruiniert!«

»Hast du dein Lerntreffen versäumt? Das ist aber ärgerlich. Wie kann denn so was passieren?! Geht etwa deine Uhr falsch?«

Ich wollte mich auf Flippi stürzen, doch sie huschte rasch aus dem Zimmer, lief zu meiner Mutter in die Küche und säuselte: »Kann ich dir helfen, Mami?«

Damit war meine Strafaktion vorerst vereitelt.

Ich schlurfte in mein Zimmer zurück und fluchte. Nils würde jetzt schon über alle Berge sein. Nur ein Volltrottel würde anderthalb Stunden im Regen stehen. Meine Chance, mit Nils vernünftig zu reden, war zunichte. Alles umsonst!

Donnerstag, 23. September

Heute Morgen hab ich mir überlegt, Nils einfach in der Schule anzusprechen. Aber er war nicht da. Ich versuchte rauszukriegen, wo er abgeblieben war. Benny sagte, er sei krank. Er habe sich gestern bei einer Recherche im Park erkältet.

Irgendwie hab ich ein schlechtes Gewissen.

Heute Nachmittag kam meine Mutter in mein Zimmer und hat dieses typische Du-kannst-doch-über-alles-mit-mir-reden-Gesicht aufgesetzt. Sie versuchte mich aufs Neue auszuquetschen, denn so schnell gibt sie nicht auf, wenn sie irgendwo ein Problem gewittert hat. Sie hat ganz gute Tricks drauf, aber ich kenn sie alle.

Normalerweise fragt sie um den heißen Brei herum. Wenn sie damit keinen Erfolg hat, erfindet sie völlig unglaubwürdige Geschichten, etwa: »Als ich in deinem Alter war, hatte ich mal ein Problem …« Dann schildert sie eines, von dem sie glaubt, dass ich es habe. Und hofft, dass ich daraufhin sage: »Genau das Problem hab ich auch!«

Mach ich aber nicht. Ich bin ja Profi. Ich höre mir alles an und sage: »Ist ja unglaublich. Du warst schon ein ziemlich merkwürdiges Kind.«

Dann wird sie etwas sauer und fängt an Geschichten von Kindern zu erzählen, die mal ein Problem hatten, es ihren Müttern nicht erzählten, automatisch auf die schiefe Bahn kamen und heute allesamt im Gefängnis oder im Erziehungsheim sitzen.

Dann sage ich: »Mann, was sind diese Kinder dumm. Man muss doch mit seiner Mutter über seine Probleme reden! Wenn nicht mit der Mutter, mit wem dann?«

Sie strahlt und wartet ab. Aber dann sage ich nichts mehr.

So haben wir das heute auch wieder gehalten. Meine Mutter bemühte sich. Ich mich auch.

Ich war ziemlich erfolgreich, redete immer drum herum, tat so, als wüsste ich nicht, was sie meinte.

Sie seufzte, stand auf und meinte an der Tür zum ultimativen Rat ausholen zu müssen: »Weißt du, Jojo, es gibt Situationen im Leben, da hilft nur die Wahrheit.«

Ja klar! Oh, meine Mutter ist so naiv und weltfremd!

Gleich darauf hörte ich sie im Flur aufschreien und fluchen. Ich streckte meinen Kopf zur Tür raus und hätte normalerweise nicht geglaubt, was ich da sah. Aber ich lebe schon so viele Jahre mit dieser Familie, da kann mich nichts mehr verwundern.

Meine Mutter stand mit schreckensgeweiteten Augen im Flur. Sie war in einem Netz gefangen und eine schwarze Flüssigkeit (wie sich später herausstellte, war es Schokoladensirup) tropfte langsam von ihrem Kopf auf ihre weiße Bluse. Das musste Flippis Werk sein.

Flippi kam aus ihrem Zimmer. Ich freute mich schon auf die Strafpredigt, die meine Mutter ihr halten würde. Aber dazu kam es nicht.

Flippi hielt nämlich *ihr* eine Strafpredigt. »Wie konntest du nur, Mami!«

»Wie bitte?«, brachte meine Mutter empört hervor, während sie versuchte sich aus dem Netz zu befreien. Aber sie machte es nur noch schlimmer und verhedderte sich hoffnungslos darin.

Flippis Stimme klang weinerlich. »Jetzt hast du alles kaputtgemacht. Seit zwei Stunden arbeite ich an dem Mechanismus und du hast ihn ausgelöst, bevor ich richtig fertig war! Die Feuersteine, die sich selbst entzünden, hatte ich noch gar nicht präpariert.«

Meine Mutter vergaß tatsächlich zu schimpfen. »Was soll denn das sein?«

»Eine Falle. Eine mesopotamische Steppenfalle. Und die ist total schwer zu bauen!«, jammerte Flippi und Tränen schimmerten in ihren Augen.

»Es tut mir Leid, Herzchen, aber ich wusste doch nicht …«, stammelte meine Mutter..

Mir blieb die Spucke weg. Ich war wieder einmal Zeugin von Dingen geworden, die in das »Guinnessbuch der Erziehungsrekorde« eingehen würden. Wieso schimpfte sie nicht mit Flippi? Wieso strich sie ihr nicht das Taschengeld, gab ihr Fernsehverbot oder sonst was? Wie kam sie dazu, sich zu entschuldigen?

Es wurde noch schlimmer. »Ich helf dir alles wieder aufzubauen, okay?«, schlug meine Mutter liebevoll vor. »Und jetzt befrei mich bitte. Ich schaff das nicht allein.«

Flippi zog einen Schmollmund, nickte dann aber gnädig. »Okay.«

»Okay! Okay? Mami! Lässt du dir das etwa gefallen?«, versuchte ich meine Mutter wieder zu Verstand zu bringen.

Sie guckte mich etwas kühl an, wischte sich den Schokoladensirup aus den Augen und meinte: »Weißt du, ich bin schon etwas enttäuscht, dass du kein Vertrauen zu mir hast, Jojo.«

Sie wunderte sich, dass ich kein Vertrauen zu ihr hatte? Eine Mutter, die in die mesopotamische Steppenfalle ihrer achtjährigen Tochter gerät und sich dafür bei dem Kind entschuldigt?

So was ist unter Garantie meldepflichtig. Wenn ich das nicht umgehend einer Behörde mitteile, mache ich mich womöglich mitschuldig.

Freitag, 24. September

Oh nein! Das darf nicht wahr sein. Das ist mein Ende!

Die Schülerzeitung ist heute erschienen.

Die gute Nachricht ist: Nils hat mich heute Mittag angerufen. Die schlechte: Er hat mich so doll angebrüllt, dass das Telefon qualmte und fast Rauchalarm ausgelöst hätte.

Folgendes war passiert: Wegen seiner Erkältung war Nils gestern nicht in der Schule. Aber gestern musste die Schülerzeitung zum Druck fertig gemacht werden. Also hatte Benny, Nils' Stellvertreter, die Schlussredaktion übernommen.

Das heißt, Benny hat als Verantwortlicher sämtliche Artikel überprüft und zum Druck freigegeben.

Alle, auch meine Antworten.

Meine Leserbrief-Antworten wurden gedruckt! Und zwar genau die, die Nils so furchtbar fand. Weil ich doch die falschen Antworten in der Redaktion abgegeben und auch noch gesagt hatte, das wäre okay, die könnten so gedruckt werden. Später hatte ich vor lauter Durcheinander und Chaos völlig vergessen die Sache wieder ins Reine zu bringen.

Nils tobte am Telefon und schrie sich heiser. Genau genommen war er schon heiser, und die meiste Zeit hustete er mich wütend an, weil er ja erkältet war. Ich fühlte mich echt mies.

Nachmittags bin ich zu ihm, mit einem Päckchen Hustenbonbons, wollte ihm die ganze Sache erklären und mich entschuldigen. Ich dachte, wenn man so viel Mist baut wie ich, ist irgendwann mal der Punkt erreicht, an dem man seine Sünden beichten muss.

Ich fand mich extrem nobel und fühlte mich sehr heldenhaft. Bis ich an der Haustür klingelte.

Nils' Mutter öffnete. Sie war ganz entzückt, dass ein so nettes Mädchen wie ich sich Sorgen um ihren Sohn macht, und bat mich rein.

Als Nils mich sah, brüllte er (inzwischen schon fast stimmlos, er hatte sich am Telefon wohl wirklich verausgabt), ich solle sehen, dass ich Land gewänne, woraus ich haarscharf schloss, er wollte nicht mit mir plaudern.

Ich gab seiner Mutter die Hustenbonbons. Sie entschuldigte sich für Nils, aber ich winkte ab und meinte großzügig, Männer seien nun mal so.

Ich war völlig deprimiert. Dann wurde ich plötzlich total vernünftig und entschloss mich, die Sache mit der dämlichen Wette einfach abzublasen und den

Hühnern reinen Wein einzuschenken. So ging das ja nicht weiter.

Morgen treffen wir uns in der Eisdiele und ich werde das ganze Durcheinander entwirren.

Samstag, 25. September

Also, ich hatte echt die besten Vorsätze. Ehrlich. Ich hatte mir genau überlegt, was ich sagen würde. Und es fing auch ganz gut an.

Ich legte gleich los: »Also, ich muss was mit euch besprechen.«

Alle waren völlig aus dem Häuschen, fielen mir abwechselnd um den Hals. Jeder hatte einen Platz für mich neben sich freigehalten. Ich dachte, ich bin im falschen Film. Seit wann war ich derart beliebt?

Lucilla strahlte vor Stolz, schob die anderen zur Seite und zog mich neben sich auf die Bank. »Jojo ist meine Freundin, sie sitzt neben mir«, verkündete sie und die Hühner fügten sich brav.

Lucilla blinzelte mich verschwörerisch an. »Du bist wirklich sensationell, Jojo!« Ich hatte keinen blassen Schimmer, wovon sie sprach. Sie knuffte mich kumpelhaft in die Seite. »Sagst keinen Ton. Die Überraschung ist dir gelungen!« Dann holte sie ein Päckchen heraus und gab es mir. »Wir haben auch eine Überraschung für dich. Von uns allen. Herzlichen Glückwunsch!«

Es konnte doch wohl nicht sein, dass ich meinen eigenen Geburtstag vergessen hatte. Worum ging es hier?

In dem Päckchen war ein total cooler pinkfarbener Füller. Ich schaute die Hühner verblüfft an. »Für mich?«

»Für Agathe! Deine Antworten sind echt obercool. Wir haben uns halb totgelacht.«

Ich erschrak zu Tode. »Woher wisst ihr, dass ich Agathe bin?« Verflixt, gibt's denn kein Pressegeheimnis oder so was?!

»Steht in der Zeitung. Im Impressum«, erklärte Lucilla fröhlich.

Oh Mann, hatte ich total vergessen. Im Impressum sind alle Mitarbeiter der Zeitung namentlich aufgeführt und daneben steht, wofür sie verantwortlich sind.

Mist, wie peinlich!

Wieso eigentlich? Offensichtlich finden die meine Beiträge ja gar nicht so übel!

Nachdem Nils mich so niedergemacht hatte, war ich nicht davon ausgegangen, dass irgendein Mensch meine Leserbrief-Antworten gut findet.

He, das Leben ist doch gerecht. Zwar war die Sache mit Nils eine Pleite, aber dafür bekam ich jetzt Lob und Anerkennung vom Volk, sprich meinen Lesern.

Es war sicher nicht cool genug, als ich vorsichtig fragte: »Findet ihr das echt gut?«

Lucilla wollte sich ausschütten vor Lachen. »Jojo, Jojo! Du bist echt zu bescheiden.« Und sie wandte sich an die anderen. »Na, jetzt sagt doch auch mal was!«

Carla lächelte schwach: »Ich muss zugeben, das war ein total cleverer Schachzug mit der Schülerzeitung. Hätte ich dir nicht zugetraut, dass du die Sache mit Nils so schlau angehst.«

Ich nickte etwas betäubt.

»Habt ihr euch schon mal getroffen?«, fragte Carla.

»Ich war gestern bei ihm«, sagte ich. Das war nicht mal gelogen.

»Zu Hause bei ihm?«, quietschten einige. »Zum ersten Mal?«

»Nee, ich war schon mal da.« Auch das stimmte. Jetzt musste ich aber langsam die Kurve kriegen und erzählen, in was für ein Chaos ich mich hineinmanövriert hatte. Das war ja schließlich mein Plan gewesen, als ich herkam.

»Ruft er dich an?«, wollten sie wissen.

Ich nickte. »Gestern hat er mich angerufen.« Hatte er ja wirklich.

Dann übernahm Lucilla und machte eine große, romantische Liebesgeschichte aus der ganzen Sache.

Ich fühlte mich abwechselnd supermies und supertoll, aber zu Hause überwog eher das schlechte Gefühl.

Wie komm ich da bloß wieder raus? Was hab ich falsch gemacht?

Sonntag, 26. September

Meine Mutter hatte für heute einen Ausflug geplant. Normalerweise hasse ich diese Mutter-Tochter-Aktionen, aber heute war ich ganz froh Lucilla für einen Tag zu entkommen.

Meine Mutter verriet uns nicht, was sie geplant hatte, aber als sie »festes Schuhwerk« anordnete, wusste ich bereits, dass es mir keinen Spaß machen würde.

Flippi war Feuer und Flamme. Sie war wild entschlossen sich zu amüsieren. »Festes Schuhwerk« hat für Flippi einen verheißungsvollen Klang.

Wir stiegen alle ins Auto und meine Mutter fuhr los. Als sie sicher war, dass keine ihrer Töchter mehr entkommen konnte, ließ sie die Katze aus dem Sack: »Wir gehen Pilze sammeln. Das ist die perfekte Jahreszeit dafür!«

»Oh nein. Pilze sammeln! Kannst du überhaupt giftige Pilze von essbaren unterscheiden?«, fragte ich klagend.

»Nein«, rief meine Mutter fröhlich, »aber wir

müssen sie ja nicht essen, wir sammeln sie bloß! Das ist romantisch.«

»Das ist Pilzquälerei!«, schaltete sich meine Schwester ein.

Meine Mutter dachte einen Augenblick nach. »Du hast Recht, Flippi. Was schlägst du vor?«

»Wir graben die Pilze aus und pflanzen sie zu Hause in die Balkonkästen.«

»Wozu?«, wollte ich wissen.

»Weil's Spaß macht«, antwortete Flippi.

»Tolle Idee«, bestätigte meine Mutter.

Flippi und meine Mutter waren quietschvergnügt. Ich kann nicht glauben, dass ich mit diesen beiden Personen tatsächlich verwandt sein soll. Da muss ein Irrtum vorliegen.

Zunächst hatte ich ja noch Hoffnung, dass alles schief gehen würde, denn meine Mutter fand den Wald nicht. Sie hat den Orientierungssinn einer Bratpfanne. Sie gehört zu den Leuten, die sich selbst in einer Telefonzelle verlaufen. Zweimal versuchte sie harmlose Spaziergänger zu fragen: »Entschuldigen Sie bitte, wo geht's denn hier zum Wald?« Aber ohne Erfolg. Sie hielten meine Mutter wohl für einen Scherzkeks, lachten und gingen einfach weiter.

Meine Mutter ärgerte sich ziemlich. »Die Hilfsbereitschaft der Leute lässt von Jahr zu Jahr nach. Das war früher anders.«

Bei dem Wort »früher« schoss ihr plötzlich ein

Gedanke durch den Kopf. Sie trat auf die Bremse, fuhr rechts ran und drehte sich mit dramatischem Gesichtsausdruck zu uns um. »Meint ihr, der Wald ist weg? Womöglich ist das Gelände inzwischen Bauland geworden, auf dem Tausende von kleinen Reihenhäuschen stehen!«

»Gut«, rief Flippi, »dann gehen wir eben Reihenhäuschen pflücken.«

Ich verdrehte die Augen. »Mami, bitte! Entweder vergessen wir die ganze Sache, fahren friedlich heim und machen uns einen ruhigen Tag oder du schaust auf der Karte nach. Ein Wald verschwindet nicht einfach so. Wir waren im letzten Jahr mit der Klasse noch dort. Wandertag.«

»Hm«, meinte meine Mutter. »Karte?«

Ich nickte. Sie würde nicht auf einer Karte nachsehen, denn sie kann keine Karten lesen. Sie dreht sie immer so lange im Kreis herum, um sie in Fahrtrichtung zu bringen, bis ihr davon schwindelig wird. Wir kamen nie dort an, wohin wir wollten, wenn wir nach der Karte fuhren.

»Karte?«, fragte meine Mutter mich noch einmal.

Ich zuckte die Schultern.

»Tankstelle?«, bot sie an.

Ich nickte. »Tankstelle.«

Das war sicher. Bei den meisten Tankstellen unserer Stadt ist meine Mutter bekannt. Sie hält jedes Mal an und fragt nach dem Weg.

Sie drehte um und fuhr zurück.

»Wo fährst du hin?«, wunderte ich mich.

»Na, zur Tankstelle«, antwortete meine Mutter.

»Aber da vorne ist doch eine!«, rief ich und deutete darauf.

Meine Mutter schüttelte den Kopf und rümpfte die Nase. »Die sind nicht besonders freundlich da. Außerdem erklären die den Weg nur anhand einer Karte. Und wenn ich dann wieder im Auto sitze, hab ich vergessen, ob ich beim Rausfahren aus der Tankstelle links oder rechts abbiegen muss. Die machen mich nervös.«

Ich schaute meine Mutter mit ungläubigen Augen an. Was macht diese Frau eigentlich, wenn wir sie morgens allein lassen?

Meine Mutter plauderte fröhlich weiter. »Bei der anderen Tankstelle, an der kleinen Kreuzung neben dem Tante-Emma-Laden, sind die wahnsinnig nett. Die geben richtige Anhaltspunkte, ›an der Kirche links‹ oder ›hinter dem weißen Haus mit den roten Fensterläden und den Begonien rechts‹ und so. Da finde ich den Weg jedes Mal.«

An der Tankstelle hielt sie an. Sie stieg aus und beugte sich noch mal zu uns runter. »Manchmal bieten die mir auch noch einen Kaffee an. Ist doch echt nett, oder?« Dann ging sie.

Flippi rief ihr hinterher: »Bring was für meine Schnecken mit! Die lieben Souvenirs.«

Meine Mutter blieb tatsächlich stehen und wollte wissen: »Hast du da an was Bestimmtes gedacht?«

»Nee, egal. Die sind nicht so wählerisch.«

Meine Mutter nickte und ging rein.

Ich begann zu hoffen, dass man mich bei der Geburt im Krankenhaus vertauscht hatte und ich nur durch einen unglücklichen Zufall in diese Familie hineingeraten war.

Meine Mutter fand dann tatsächlich den Weg zu ihrem speziellen Pilzwald. Flippi war sehr zufrieden mit dem Schlüsselanhänger, den meine Mutter für die Schnecken besorgt hatte und an dem ein kleiner Lastwagen mit dem Namen der Tankstelle hing. Es gab dann kaum noch nennenswerte Zwischenfälle.

Im Wald liefen wir in gebückter Haltung unter dunklen Bäumen entlang und scharrten Laub zur Seite, um Pilze zu finden.

Ich entdeckte eine verrostete Limodose, einen alten Turnschuh und eine Haarbürste, die ich zunächst für einen zahmen Igel hielt und zu füttern versuchte. War mir etwas peinlich, als Flippi mich auf den Irrtum aufmerksam machte.

Flippi fand kurz darauf einen echten Igel und wollte sofort Igelzüchterin werden. Der Hinweis meiner Mutter, die Tiere hätten jede Menge Flöhe, führte zunächst nur dazu, dass Flippi den Igel noch heftiger herzte und meinte: »Super, dann eröffne ich einen Flohzirkus, das bringt jede Menge Geld.«

Meine Mutter musste all ihre Autorität aufbieten, um Flippi dazu zu bewegen, den Igel im Wald zu lassen. Ehrlich gesagt, die Autorität nutzte nicht die Bohne.

Erst als meine Mutter Flippi versprach, den »Verdienstausfall« der »Flohzirkusdirektorin« durch eine Taschengelderhöhung auszugleichen, konnte sie meine Schwester dazu bringen, den Stachelheini wieder zurück ins Laub zu setzen. Ich glaubte es einfach nicht!

Dann fanden wir endlich Pilze.

Meine Mutter entdeckte sie. »Schaut mal«, flüsterte sie. Als ob sich die Pilze, wenn sie uns hören, sofort in die Büsche schlagen würden. »Schaut mal, eine kleine Familie!« Ehrfurchtsvoll deutete sie auf einen großen und zwei kleine Pilze, die nahe beieinander standen.

Flippi grub sie aus, meine Mutter fand den nächsten Schwung. Gleich eine ganze Gruppe, dann noch einen Einzelnen, der etwas abseits stand.

Ich schaute nachdenklich auf die Pilzformation. »Was glaubst du«, fragte ich meine Mutter, »wieso der eine Pilz nicht mit den anderen zusammengluckt?«

Meine Mutter zuckte die Schultern. »Vielleicht haben sie sich gestritten?«

Ich nickte. »Vielleicht hat der Trupp einen Anführer, der immer bestimmen will, und der eine Pilz ist genervt davon, weil er nicht tun will, was die anderen sich dauernd ausdenken.«

Meine Mutter blickte mich kurz kritisch von der Seite an, dann schaute sie schnell wieder auf die Pilze. »Meinst du, der kleine Pilz ist irgendwie traurig darüber, dass er alleine ist?«, fragte sie.

»Schon möglich. Aber wenn er mit den anderen zusammen ist, kommt er dauernd in Schwierigkeiten. Und wenn er nicht tut, was die anderen wollen, finden die ihn nicht mehr cool.«

»Pah, cool«, schnaubte meine Mutter verächtlich. »Wer bestimmt denn, was cool ist? Es ist viel wichtiger, dass der kleine Pilz sich fair und anständig benimmt, in der Schule gut ist und immer seine Hausaufgaben macht.«

Ich schaute meine Mutter an, als habe sie ihren Verstand verloren. »Hausaufgaben? Der kleine Pilz soll seine Hausaufgaben machen?« Ich schaute mich nach Flippi um. »He, Flippi, neue Opfer, los, grab mal«, rief ich und marschierte los.

Meine Mutter lief neben mir her. »Ich denke, der kleine Pilz würde gut daran tun, sich mal mit seiner Mutter auszusprechen.«

Ich warf ihr einen wütenden Blick zu. »Pilztechnisch gesehen ist das ja wohl der volle Blödsinn.«

Meine Mutter zuckte hilflos die Schultern. »Ich meine ja bloß.«

Ich schüttelte den Kopf. Was war nur mit dieser Frau los?

Flippi hatte in der Zwischenzeit alle Pilze ausgegraben und teilte uns mit, dass sie außer Nacktschnecken-Züchterin auch Pilz-Züchterin werden wolle.

Meine Mutter lächelte liebevoll und meinte mit Seitenblick auf mich zu Flippi: »Wenn du ein Pilz wärst und Probleme hättest, du würdest doch mit mir darüber reden, nicht wahr?«

»Mit dir? Nee«, meinte Flippi ohne mit der Wimper zu zucken. »Ich würde mit meiner Pilzmutter darüber reden.«

Dann schaute Flippi meine Mutter misstrauisch von der Seite an. »Wirst du jetzt anfangen Gesprächsgruppen für kleine Pilze zu gründen?«

Meine Mutter wurde leicht ärgerlich. »Ach, macht doch, was ihr wollt! Seht halt zu, wie ihr alleine zurechtkommt.« Und stapfte davon.

Flippi kam zu mir und deutete auf unsere Mutter. »Hat sie an irgendeinem Giftpilz geknabbert oder hast du sie mit deinen Pubertätsproblemen voll gesülzt?«

»Lass mich in Ruhe und sammle deine dummen Pilze ein, damit wir wieder gehen können.«

Meine Mutter kam zurück, voller Reue. »Ich hab das natürlich nicht so gemeint, eben. Also wenn ihr Probleme habt, könnt ihr jederzeit zu mir kommen, okay?«

»Okay«, tönten Flippi und ich im Chor und damit war das Thema beendet.

Als wir fertig waren, beäugte Flippi die Pilze eingehend und entschied, sich auf tödlich giftige zu spezialisieren. Sie bewahrte nur die Fliegenpilze und die weißen Knollenblätterpilze auf.
Die anderen grub sie umständlich wieder ein. Alle in einer Reihe nebeneinander, der Größe nach geordnet.

»So, das ist praktiziertes Umweltbewusstsein. Wenn man schon in der Natur herumlatscht, sollte man wenigstens keine Spuren hinterlassen«, belehrte uns Flippi.

Ich schaute fassungslos auf das zurückgelassene Bataillon Pilze, die alle in Reih und Glied dastanden.

»Genau, Flippi, großartig. Ganz natürlich sieht das aus, so wie Pilze eben im Wald wachsen«, verhöhnte ich sie.

Flippi lässt sich nicht verhöhnen. Sie ignoriert so etwas einfach. »Du hast in etwa den Verstand einer Salatgurke, also halt dich da am besten raus«, meinte sie nur kurz angebunden. Dann plauderte Flippi mit meiner Mutter weiter, die ihr aufmerksam zuhörte.

Ich finde es total leichtsinnig, wenn nicht gar verantwortungslos von meiner Mutter, Flippi zu erlauben Giftpilze zu züchten.

Was ist, wenn Flippi und ich mal Krach haben? Ist doch nur eine Frage der Zeit, dass ich mit Pilzvergiftung im Krankenhaus lande!

Und das jetzt, wo meine Zeitungskarriere gerade begonnen hat und ich ein richtig gutes Gefühl habe, was meine Zukunft anbelangt.

Montag, 27. September

Hach! Er hat angerufen. Nils hat mich angerufen.

Heute Nachmittag klingelte das Telefon. Ich ging dran. Als Nils sich meldete, bekam ich so was wie einen freudigen Schreck. Und darüber hab ich mich dann erst mal richtig erschreckt. Denn das passiert mir eigentlich nur, wenn ich in jemanden verknallt bin und ihn ganz unerwartet irgendwo treffe. Und was mich am meisten verwirrte: Nils war richtig nett zu mir.

»Hey, Jojo, wie geht's?«

»Geht so«, antwortete ich vorsichtig. Was wollte er von mir? Wieso rief er mich an? Was hatte ich wieder angestellt? Hatte er sich an einem meiner Hustenbonbons verschluckt?

Also entschuldigte ich mich gleich mal vorsichtshalber. »Tut mir Leid.«

»Was?«

Keine Ahnung. »Du weißt schon«, probierte ich. Vielleicht hatte Nils ja eine Idee.

»Vergiss es. Ist ja alles gut ausgegangen.«

Wovon sprach der Mensch bloß? Da half jetzt

alles nichts, ich musste ihn fragen. »Worum geht's eigentlich?«

»Ich hoffe, du bist nicht mehr sauer auf mich.«

»Ich? Auf dich? Nicht die Bohne!«

»Im Ernst?«

»Logo!« Was meinte der Kerl? Ich hatte keinen Schimmer.

»Klasse. Dann machst du also weiter?«

Ich verlor die Nerven. »Red Klartext, Mann! Ich hab keine Ahnung, wovon du faselst.«

Schweigen.

Ups, ich hätte das vielleicht etwas freundlicher formulieren sollen. »'tschuldigung, hab's nicht so gemeint«, piepste ich.

Schweigen.

»Nils? Bist du noch dran?«

»Ja«, brummte er.

»Bitte sag mir, wovon du redest!«, flehte ich.

Er hatte Erbarmen. »Von deinen Leserbrief-Antworten. Die sind der totale Hit. Alle sind völlig begeistert. Ich hatte das falsch eingeschätzt.«

»Echt wahr? Ist ja Spitze!«

»Also, schreibst du weiter für uns? Wir werden überschwemmt von Leserbriefen, die alle auf eine Antwort von Agathe warten.«

»Oh Mann, das ist echt oberklasse! Klar schreib ich weiter. Danke!«

»Schon gut«, beschwichtigte mich Nils. »Und tut mir Leid, dass ich so ätzend zu dir war!«

Ich war völlig happy. »Ach, Schlamm drüber!«

»Schwamm«, korrigierte Nils und legte auf.

Meine Güte, bin ich ein Glückspilz, oder was? Ist doch nicht zu fassen!

Dienstag, 28. September

Das nennt man Triumph. So muss sich Caesar in Rom gefühlt haben! Als ich heute in die Schule einmarschierte, nahm man echt Notiz von mir. Einige grüßten, andere machten sogar Daumen-hoch-Zeichen zu mir. Ich konnte es nicht fassen. Normalerweise merkt kein Mensch, ob ich in der Schule bin oder nicht. Ich werde üblicherweise ignoriert. Einmal hat sogar unser Klassenlehrer mich als fehlend eingetragen, obwohl ich genau vor seiner Nase saß. In der ersten Reihe! Als ich mich beschwerte, meinte er glatt: »Entschuldige Josefine. Ich hab dich gar nicht gesehen.«

Ganz anders heute. Das war phänomenal.

Die Hühner kamen gleich und wollten wissen: »Wie weit bist du mit Nils?«

»Er hat gestern wieder angerufen«, konnte ich stolz berichten.

Und dann kam der Hit des Tages. Nils sah mich und rief quer über den Schulhof: »Hey, Jojo, hast du heute Nachmittag Zeit?«

»Wow, den muss es ja erwischt haben«, tuschelten die Hühner.

Nils wollte natürlich nur ein Redaktionstreffen verabreden, aber das musste ich ja nicht gleich jedem auf die Nase binden.

Ich lächelte total charmant und kiekste ihm zu: »Für dich immer!«

Nils schaute zwar etwas irritiert, nickte dann aber und rief: »Um drei.«

Ich lächelte ihn noch einmal huldvoll an und wandte mich dann den Hühnern zu. »Können wir die Wette jetzt als erledigt abhaken?« Offensichtlich war ich noch mal glimpflich davongekommen.

»Aber nein!«, rief meine beste Freundin Lucilla. »Jetzt wird's doch erst richtig aufregend.«

Ich schaute sie verständnislos an. »Was denn noch? Er redet mit mir, er ruft mich an, wir treffen uns, was soll er denn noch tun?«, fragte ich ärgerlich.

Lucilla machte ein verschmitztes Gesicht und eine lange Kunstpause, bevor sie die entscheidenden Worte sagte: »Er soll dich küssen!«

»Jaaa!«, jubelten die Hühner.

»Nein!«, rief ich entsetzt.

Ich war überstimmt.

Wieso kann ich eigentlich nicht selbst entscheiden, was ich tun will? Wieso entscheiden andere Leute über mein Leben?

Carla war von Lucillas Vorschlag begeistert und

ergänzte ihn um eine Kleinigkeit: »Und zwar vor unseren Augen. Morgen Nachmittag in der Eisdiele. Wir alle wollen es sehen.«

Mir wurde schlecht und ich merkte, dass ich gleich anfangen würde zu heulen.

»He, Sumpfeule!«, rief jemand hinter mir und schon hatte ich ein zusammengeknülltes Butterbrotpapier am Kopf. Flippi kann astrein zielen. Ich tat so, als wäre ich wütend, und rannte hinter ihr her. Aber eigentlich wollte ich nur weg.

Als ich sie erwischt hatte, duckte Flippi sich in Erwartung einer Racheaktion. Aber ich sagte nur »danke« zu ihr. Sie schaute mich entgeistert an.

»Du hast mich eben gerettet. Die Hühner wollen, dass ich einen Jungen küsse. Ach, es ist so furchtbar«, sprudelte es aus mir raus.

Flippi machte sich los und schaute nach links und rechts. »Red leiser! Wenn das jemand hört! Ist ja voll peinlich.«

Allerdings ist das peinlich! Da stehe ich auf dem Schulhof und schütte meiner kleinen Schwester mein Herz aus. So weit ist es schon mit mir gekommen.

Flippi schaute sich immer noch um, ob uns jemand beobachtete. Dann flüsterte sie: »Hör zu, Jojo, nicht hier, ich will nicht mit dir gesehen werden.« Und schon war sie weg.

Recht hat sie, am liebsten möchte ich auch nicht mit mir gesehen werden.

Nachmittags kam Flippi in mein Zimmer und baute sich vor mir auf: »Also, was ist?«

»Nichts.« Ich hatte keine Lust mit dieser Kröte meine Probleme zu besprechen.

»Ich kapier nicht, wie du freiwillig einen Jungen küssen kannst.« Flippi machte ein angewidertes Gesicht.

»Ich rede nicht mit dir.«

»Wann soll denn das große Ereignis stattfinden?«, fragte Flippi unbeirrt weiter.

»Morgen Nachmittag, Eisdiele. Aber das geht dich nichts an.«

»Und hast du jemanden, der dich freiwillig küsst?«, fragte Flippi frech.

»Verschwinde!«

»Gern! Jungs und Küsse sind eh nicht mein Thema. Viel Erfolg!«

Nachdem ich mich lange genug selbst bemitleidet hatte, erwachte so etwas wie Kampfgeist in mir.

Wie schwer kann es sein, Nils dazu zu bringen, mich zu küssen? Elendig schwer! Aber vielleicht würde ich es ja doch schaffen. Mir müsste nur was echt Gutes einfallen.

Genau! So schnell gebe ich nicht auf. Den Hühnern werde ich es zeigen! Jetzt geh ich erst mal zum Redaktionstreffen und dann sehen wir weiter.

Mittwoch, 29. September, morgens

Also, es sieht ganz gut aus. Ach, was sag ich – es sieht super aus! Nils war total nett gestern.

Als ich in die Redaktion kam, wedelte er schon mit einem Schwung Briefe und rief: »Hey, Jojo! Post für dich!«

Als ich zu ihm ging, deutete er auf einen Stuhl neben seinem und meinte: »Hier, setz dich.«

Ich lief erst mal rot an, weil Nils so obernett war. Und brachte keinen Ton raus.

»Alles okay?«, fragte er besorgt.

»Klar doch«, krähte ich. Ich hatte meine erste Aufregung überwunden.

Ich setzte mich, er schob seinen Stuhl neben meinen und legte mir die Briefe auf den Tisch. »Ich denke, mit deiner Kolumne haben wir einen echten Knüller in unserer Schülerzeitung.«

»War mir klar«, gab ich an.

Er überhörte das und beugte sich über den ersten Brief. »Lass uns mal zusammen durchgehen, was wir abdrucken wollen und so.«

Ich guckte nicht den Brief an, sondern ihn. »Du, hör mal …«

Dann wusste ich nicht weiter. Wie kriegte ich Nils dazu, in die Eisdiele zu kommen?

Er stutzte. »Probleme?«

Ich nickte. »Ich denke, wir sollten das morgen besprechen.«

Er schien etwas enttäuscht, zuckte dann aber die Schultern und meinte: »Okay.«

Ich setzte nach. »In der Eisdiele. Um drei. Okay?«

So, jetzt war es raus.

Nils schaute mich verwundert an. »In der Eisdiele? Muss das sein?«

Ich holte tief Luft. »Wenn du willst, dass ich weiterschreibe, schon.«

»Wieso in der Eisdiele?«

»Eis inspiriert mich.«

»Du hast ein Rad ab!« Nils schüttelte den Kopf.

»Kann sein, aber es wäre wirklich wichtig«, beharrte ich.

Keine Reaktion.

»Bitte«, flehte ich leise.

Nils stöhnte. »Weißt du, ich kapier Mädchen eh nicht. Aber bei dir blickt bestimmt keiner durch.«

»Mir liegt echt viel daran«, bettelte ich und versuchte einen treuen Hundeblick.

Nils schaute besorgt. »Ist was mit deinen Augen?«

»Nee«, sagte ich schnell, wurde etwas rot und guckte wieder normal.

»Gut«, lenkte Nils ein, »wir besprechen deine Kolumne morgen in der Eisdiele. Aber das ist eine einmalige Sache. Ab dann arbeitest du wie jeder normale Mensch hier im Computerraum an deinen Artikeln oder bei dir zu Hause!«

Ich strahlte. »Ja, ich verspreche es. Tausend Dank. Also dann bis morgen.«

Ich stand gut gelaunt wieder auf.

Nils schien etwas enttäuscht. »Musst du schon wieder weg?«

»Ich hab zu gute Laune, um zu arbeiten«, rief ich fröhlich.

Nils lachte. Er stand auf und meinte: »Okay, gehen wir 'ne Tüte Pommes essen.«

Ich war völlig geplättet. Mein Herz machte einen Sprung und muss dabei wohl irgendwie in meinem Magen gelandet sein, weil der sich plötzlich so komisch anfühlte.

Wie betäubt lief ich neben Nils her und versuchte mich unauffällig in den Arm zu zwicken, ob das hier alles wirklich stattfand oder ob ich eingeschlafen war und träumte. Nils ging mit mir Pommes essen. Wow!

»Isst du überhaupt Pommes oder bist du auf irgendeinem Gesundheitstrip?«, fragte Nils.

»Hach, ich esse alles. Wer in unserem Haushalt überleben will, ist darauf angewiesen, ab und zu eine gesunde vollwertige Mahlzeit – etwa Pommes – zu sich zu nehmen.«

»Ach komm«, bezweifelte Nils meine Aussage.

»Hast du 'ne Ahnung! Tiefkühlkost gilt bei uns als selbst gemachtes Essen, weil meine Mutter es selbst auftaut. Der Mann vom Pizzaservice betritt unsere Küche öfters als meine Mutter.«

Nils lachte. »Kann es sein, dass du etwas übertreibst?«

»Etwas?«, konterte ich. Dann fiel mir auf, dass das der falsche Satzanfang war. »Äh … ich meine, nicht die Bohne. Da ich vor fremden Leuten nie schlecht über meine Mutter rede, ist das die geschönte Version.«

»Klar doch!«, meinte Nils.

Es war echt klasse. Nils bezahlte meine Pommes, ich bot an, die Reinigung für sein T-Shirt zu übernehmen. Ich hatte nämlich aus Versehen mein Ketschup-Tütchen auf ihn gespritzt, weil ich kräftig auf die falsche Seite gedrückt hatte. Aber er war einigermaßen cool und regte sich gar nicht groß auf.

Aufgeregt hat er sich erst, als ich meine Pommes auf sein T-Shirt stippte, um noch was von dem Ketschup abzubekommen. Das fand er nicht gut.

Auch nicht, als ich sagte: »Wenn du willst, mach ich mir einen Klecks Mayo auf den Ärmel, dann sind wir quitt.« Nils isst seine Pommes nämlich mit Mayo. Damit er sah, dass ich es ernst meinte, klatschte ich einen Löffel Mayo auf meinen Ärmel und hielt ihn Nils hin.

Er konnte es nicht fassen. »Du solltest dich echt mal behandeln lassen«, meinte er und ignorierte meinen Mayo-Ärmel.

Er nahm sich demonstrativ einen neuen Löffel Mayo und wollte ihn schwungvoll auf seine Pommes klecksen, aber das ging daneben und die Mayo landete auf seinem Schuh.

Ihm war's peinlich, ich strahlte. »Das ist voll unpraktisch, da musst du dich ja jedes Mal bücken. Meine Ärmel-Lösung ist besser.«

Erst schaute Nils etwas wütend, dann musste er plötzlich lachen. Er lachte sich halb tot, verschluckte sich an einer Pommes, und als er sich wieder beruhigt hatte, war er überhaupt nicht mehr sauer auf mich.

»Siehst du«, meinte ich. »So schnell passiert's und man ist in einer echt peinlichen Situation.«

Nils antwortete mit vollem Mund: »Mir passiert so was eigentlich nie. Es muss an dir liegen. Dein Chaos scheint ansteckend zu sein.«

Ich nickte. »Kann sein. Aber meine Schwester ist gerade dabei, einen Impfstoff dagegen zu entwickeln.«

Nils schaute erschüttert. »Schwester? So was wie dich gibt's gleich zweimal?«

»Sollte man nicht denken, was?«

»Aber ihr verteilt euch doch hoffentlich immer gleichmäßig über die Stadt, um den Leuten hier 'ne Chance zu geben, um zu überleben?«

Eigentlich wollte ich beleidigt sein, aber als mein Blick auf sein ketschupverschmiertes T-Shirt fiel, entschied ich großzügig über die Bemerkung hinwegzugehen.

»Klar doch, das war die Bedingung, unter der

uns der Bürgermeister erlaubt hat hier ansässig zu werden.«

»Da bin ich aber froh, dass ihr unter behördlicher Kontrolle steht.«

Jetzt wurde es mir zu viel. »Hör mal, wie wär's, wenn wir mal 'ne Runde auf deine Kosten lachen würden?«

Nils zuckte gelassen die Schultern. »Nur zu, wenn dir was einfällt.«

Aber mir fiel nichts ein. Nils war einfach ... ja, wie soll ich sagen ... perfekt. Es gab nichts an ihm zu meckern. Ehrlich.

»Na?«, fragte er provozierend. »Dir fällt nichts ein, stimmt's?«

»Das liegt daran, dass du ein Langweiler bist«, sagte ich ärgerlich.

Nils hielt mitten in der Bewegung inne. »Wie bitte?«

Ich zuckte die Schultern und guckte beleidigt. Das ist immer ein guter Trick: Man beleidigt jemanden und guckt dann selbst beleidigt. Das bringt die meisten durcheinander.

Bei Nils klappte es auch. »Lass uns das Kriegsbeil begraben«, schlug er vor.

»Okay.« Ich strahlte und hob meinen Colabecher um mit ihm anzustoßen. Ich weiß echt nicht, wie es passierte, ich weiß nur, es war nicht meine Schuld: Die Cola schwappte über Nils' Hose.

Entsetzt schaute ich auf das nasse Hosenbein

und dann in Nils' Gesicht, um seine Verwünschungen entgegenzunehmen.

Aber Nils grinste nur. »Langweiler, meinst du also?«

Ich hatte keine Ahnung, was nun kommen würde, und schaute ihn mit einer Mischung aus Unsicherheit und Angst abwartend an.

Nils nahm seine Cola und schüttete sie auf sein anderes Hosenbein.

»Sag mal, spinnst du?«

Nils nickte gut gelaunt. »Ich denke, deine Schwester muss sich mit dem Anti-Jojo-Chaos-Impfstoff beeilen, bevor eine Epidemie ausbricht.«

Wir mussten beide total lachen und es war echt klasse.

Je netter es wurde und je länger wir uns supertoll unterhielten, desto nervöser wurde ich. Dabei gab es gar keinen Grund. Wir hatten nur über alles Mögliche gequatscht – Schule, Lehrer, Mütter und so. Aber weil Nils total nett war und irgendwie immer besser aussah, geriet ich immer mehr in Panik, dass ich vielleicht dumme Sachen sagen könnte, so voll unintelligente, und Nils denken könnte, ich würde Sumpf quaken, und mich dann blöd finden würde.

Plötzlich wollte ich nur noch schnell nach Hause. Er fand meinen Abgang zwar etwas überstürzt, aber meinte: »Das machen wir bei Gelegenheit noch mal.«

Ich nickte.

Nils war voll gut drauf. »Aber dann zieh ich was an, wo Ketschup- und Cola-Flecken etwas dekorativer drauf aussehen.«

Ich zuckte zusammen und kämpfte gegen einen Peinlichkeits-Anfall an. »Ich muss jetzt dringend heim«, piepste ich und ging.

Nach fünf Minuten hatte ich mich erholt und war sauer auf mich, dass ich so schnell die Kurve gekratzt hatte. Was hatte ich mir bloß gedacht? Es war doch super mit Nils und er war total nett! Wieso war ich abgehauen?

Je weiter ich mich von Nils entfernte, desto sicherer wurde ich, dass er mich gut findet.

Als ich zu Hause war, hatte ich richtig gute Laune. Das war ein super Nachmittag.

Die Sache mit dem Kuss wird nur noch eine Kleinigkeit sein.

Und nachher werde ich mich auf den Weg machen, um Nils in der Eisdiele zu treffen. Wenn die Hühner Nils und mich in der Eisdiele sehen, ist die Wette gewonnen. Die Kuss-Nummer kann ja wohl kein großes Problem sein.

Mittwoch, 29. September, abends

So was kann nur mir passieren. Ich weiß gar nicht, wie ich anfangen soll. Bin total am Boden zerstört.

Also, ich war in der Eisdiele. Bin aber gleich wieder raus, weil da die Hühner rumsaßen und geierten. Dachte, es ist besser, wenn ich Nils vor der Eisdiele abfange.

Nils kam auch. Er schien etwas nervös, war aber offensichtlich bereit, eine durchgeknallte Journalistin bei Laune zu halten. Ich stand malerisch vor der Eisdiele und lächelte ihn gewinnend an.

Nils stutzte. »Alles okay?«, fragte er.

Ich machte schnell wieder ein normales Gesicht und stellte mich gerade hin. »Sicher, wieso?«

Also, in *der* Laune konnte ich ihn nicht in die Nähe der Hühner bringen. Gestern war er echt besser drauf. Womöglich würde die ganze Angelegenheit doch schwieriger werden, als ich dachte.

»Lass uns reingehen«, forderte Nils.

»Ach, ist doch so tolles Wetter, warum bleiben wir nicht hier draußen?«, schlug ich vor.

Nils blickte zum Himmel. »Es wird bald anfangen zu regnen. Ich hab keine Lust mich schon wieder zu erkälten.«

Ich seufzte. Er steuerte auf den Eingang zu.

Ich blieb stehen.

»Los komm«, meinte er ungeduldig.

Ich hielt ihn am Ärmel fest. »Bitte nicht.«

Die Hühner reckten die Hälse, um besser sehen zu können. Ich wurde ziemlich nervös. Nils schaute mich fragend an.

Ich dachte, ich könnte es irgendwie mit der halben Wahrheit versuchen. »Wir können da nicht rein, Nils. Tut mir Leid. Ich kann es nicht erklären, aber wir müssen das Eis hier draußen essen.«

Nils schaute mich etwas genervt an. »Mann, Jojo. Sei doch nicht so kompliziert.«

Ich war empört. »Na hör mal, ich bin nicht kompliziert! Mir genügt es, wenn ich einfach hier draußen stehe. Du bist kompliziert, weil du unbedingt da rein willst.« So, das musste mal gesagt werden.

Nils' Augen verengten sich zu schmalen Schlitzen. Dann atmete er tief durch. »Mir ist sowieso total schleierhaft, wieso ich den ganzen Zirkus mit dir mitmache.«

Ich wurde mutig. »Vielleicht, weil du mich nett findest?«

Nils lief leicht rot an, aber dann schnaubte er verächtlich. »Klar, so wie man 'ne Kobra nett findet. Ich hol mir jetzt ein Eis«, lenkte er ab und setzte sich in Bewegung.

Ich überhörte großzügigerweise den ersten Satz und rief ihm nach: »Aber eins zum Mitnehmen! Und bring mir auch eins mit – bitte«, setzte ich noch hinterher.

»Welche Sorte?«, wollte Nils wissen.

»Mir egal.« Das war wirklich mein geringstes

Problem. Ich überlegte fieberhaft, wie man einem Jungen, der nicht in einen verliebt ist und in den man selbst nicht verliebt ist, erklärt, es wäre jetzt enorm wichtig, dass er einen küsst. Aber mir fiel kein Grund ein, der zwingend wäre.

Nils kam zurück, drückte mir ein Eis in die Hand und forderte: »Also, jetzt erklär mal.«

»Das ist echt kompliziert«, stotterte ich und leckte an meinem Eis. Ich schielte nach drinnen in die Eisdiele. Lucilla winkte mir fröhlich zu und gab mir Zeichen, doch endlich die Wette zu gewinnen.

Ich seufzte. »Es geht um Folgendes«, flüsterte ich.

Nils kam etwas näher und beugte sich zu mir, um mich besser zu verstehen.

»Du findest mich doch nicht ganz schrecklich, oder?«, fragte ich leise.

Er schaute mich verwirrt an. »Na ja, du bist ...« Nils suchte fieberhaft nach Worten.

Welches würde er für mich wählen? Großartig? Einmalig? Spitzenmäßig?

»... anstrengend.«

Ich war wirklich enttäuscht. Das sah man mir wohl an.

Nils versuchte es abzumildern: »... gewöhnungsbedürftig.«

Das klang auch nicht besser. Ich schmollte.

Das tat Nils wohl Leid, er räumte ein: »Ich denke, du bist ganz okay.«

Schon besser. Dann hatte ich plötzlich eine total verwegene Idee. Denn eins war mir schlagartig klar, ich würde, was auch immer ich jetzt sagen würde, Nils nicht dazu bringen, sich in den nächsten fünf Minuten in mich zu verlieben und mich zu küssen. Also gab es nur eine einzige Möglichkeit.

»Kannst du mal die Augen zumachen?«, bat ich ihn.

»Wieso?«

»Bitte! Nur ganz kurz.«

Nils stöhnte genervt auf und schloss die Augen.

Ich holte tief Luft, sprach mir selbst Mut zu und küsste ihn blitzeschnell.

Nils riss entsetzt die Augen auf, aber ich aß seelenruhig mein Eis, so als ob nichts geschehen wäre.

In der Eisdiele johlten die Hühner.

Nils lief rot an. Leider vor Wut. »Sag mal, bist du total übergeschnappt?«

Ich war entschlossen alles abzustreiten, falls Nils mich fragen würde, ob ich ihn gerade geküsst hätte. Aber dazu kam es nicht. Denn jetzt nahte das Chaos. Bis hierher hätte man das alles ja noch irgendwie verkraften können. Aber was nun kam, ging über meinen Verstand.

Ein Typ kam angeschlendert und fragte mich: »Bist du Jojo?«

Als ich nickte, küsste er mich und ging wieder.

Die Hühner drückten sich die Nasen an der Scheibe platt.

Nils' Wut verwandelte sich in blanke Verachtung und mir wurde übel. Er trat einen Schritt zurück, deutete auf mein Gesicht und meinte: »Das Küssen scheint dir nicht zu bekommen.« Sprach's und eilte davon.

Was war mit meinem Gesicht? Ich fasste mir an die Wange, konnte aber nichts feststellen.

Lucilla kam aus der Eisdiele gestürzt, die anderen hinterher und alle umringten mich.

Lucilla nahm mir das Eis aus der Hand, leckte daran und meinte tadelnd: »Himbeereis! Jojo! Du weißt doch, dass du das nicht verträgst! Du siehst schrecklich aus.«

Oh nein! Wie peinlich! Meine Himbeereis-Allergie. Und das vor Nils!

»Wer war denn der andere Typ?«, wollte Anna wissen.

Hätte ich auch gerne gewusst, aber jetzt wollte ich nur noch nach Hause. In mein Zimmer. Und zwar für den Rest meines Lebens.

Anna wandte sich an Carla. »Hat Lucilla jetzt die Wette gewonnen oder nicht?«

Lucilla warf sich in Positur. »Das ist ja wohl klar.«

»Aber Jojo hat zwei Jungs geküsst!«

»Na und?«, fauchte Lucilla. »Doppelt geküsst hält besser.« Dann nahm sie mich am Arm und zog mich Richtung Heimat. Unterwegs warf sie das fatale Himbeereis in einen Papierkorb.

Ich war wie betäubt und hoffte die ganze Zeit,

der Wecker würde klingeln und ich endlich aus diesem Alptraum erwachen.

Die Kuss-Sache hätte ich ja noch verkraftet, aber dass ich mich vor Nils in einen umgekehrten Fliegenpilz verwandelt hatte, war mir schrecklich peinlich. Dass er mir aber auch ausgerechnet Himbeereis mitbringen musste!

Moment mal, Himbeereis!

Hatte Lucilla nicht gesagt, das wäre das Eis für Verliebte? Womöglich ist Nils … Ach nee, bestimmt nicht. Oder?

Ich will jetzt in mein Bett und mindestens zwei Wochen lang heulen. Was für eine schreckliche Blamage!

Donnerstag, 30. September

Natürlich war ich heute nicht in der Schule. Meine Mutter hat ein Riesenthema aus der Allergie gemacht und sich entschieden, die Flecken seien eine tief wurzelnde psychische Reaktion auf die Pubertät. Mit anderen Worten, sie ist davon überzeugt, ich rebelliere gegen das Älterwerden.

Wenn's doch nur so einfach wäre. Ich würde ihr ja gerne den Gefallen tun. Aber ich befürchte, ich vertrage schlicht und ergreifend kein Himbeereis.

Ich habe meinen Spiegel verhängt, denn jedes Mal, wenn ich dran vorbeikomme, erschrecke ich zu Tode. Ich sehe aus wie ein aufgequollenes Marshmallow, das durch eine Tomatenketschup-Waschanlage gejagt wurde.

Aber als ich mal einen Moment aufhörte mich zu schämen, fragte ich mich, wer wohl der andere Typ war und wieso er mich geküsst hat. Eine Verwechslung konnte es ja wohl nicht sein, er hatte schließlich gefragt, ob ich Jojo sei.

Die Auflösung des Rätsels erfuhr ich mittags, als Flippi aus der Schule kam.

Sie steckte ihren Kopf in mein Zimmer und fragte fröhlich: »Willst du nicht mal ›danke‹ sagen?«

»Wofür?«, krächzte ich matt.

»Na, dass ich dich gerettet habe.«

»Hach, das wüsste ich aber. Wo und wann hast du mich gerettet?«

Nun war Flippi empört. Sie kam in mein Zimmer, stemmte die Arme in die Seite und schimpfte: »Das hat mich immerhin zehn Mark gekostet!«

»Was?«

»Karsten dazu zu bringen, dich zu küssen!«

»Waaas?«

»Ich hab mit ihm gewettet, dass er sich nicht traut dich mitten auf der Straße zu küssen.«

»Was hast du?«

»Gewettet! Um zehn Mark.«

»Oh Flippi! Woher kennst du solche Typen?«

»Ich kenn ihn nicht. Hab ihn auf der Straße angequatscht. Und finde echt, du könntest etwas mehr Dankbarkeit zeigen!«

Ich war zu schwach, um mit Flippi zu streiten. »Wenn ich jetzt ›danke‹ sage, gehst du dann und versprichst mir nie wieder zu helfen?«

Flippi überlegte. »Leg noch zehn Mark drauf und wir haben einen Deal!«

Jetzt wurde ich echt sauer und Flippi verschwand schnell aus meinem Zimmer. Natürlich musste sie das letzte Wort haben und rief durch die geschlossene Tür: »Die zehn Mark kannst du mir auch morgen noch geben.«

Freitag, 1. Oktober

Heute war ich immer noch nicht in der Schule. Die Schwellung war zwar weg und meine normale Gesichtsfarbe wieder zu erkennen, aber mir war immer noch völlig elend zumute.

Ich rief mir die Situation noch mal genau in Erinnerung, um rauszukriegen, was an dem Nachmittag am schlimmsten gewesen war.

Dieser Zehn-Mark-Kuss war es nicht. Das war so eine dämlich nett gemeinte Flippi-Aktion. Obwohl ich mir bei ihr nie sicher bin, ob sie es echt nett meint. Ich denke, sie inszeniert extra solche peinlichen Sachen, um sich königlich zu amüsieren, und tut nur so, als ob sie es ganz furchtbar lieb meint, damit man sie nicht bestraft.

Die Himbeereis-Allergie war oberpeinlich. Ich genier mich zu Tode, wenn ich dran denke, dass mich Nils als Himbeereis-Zombie erlebt hat.

Überhaupt, immer wenn ich an Nils denke, hab ich einen Kloß im Hals und mir wird ganz heulig zumute. Wenn ich es nicht besser wüsste, würde ich sagen, es fühlt sich an wie Liebeskummer. Aber dafür müsste ich ja wohl erst mal in ihn verknallt sein. Und das bin ich nicht, also scheidet auch das aus.

Ich weiß nur eins ganz genau: Ich will Nils nie wieder sehen.

Wenn meine Mutter mich wirklich liebt, ziehen wir um. Aber sie weigert sich immer noch, solange ich ihr nicht den Grund nenne. Und das kommt ja wohl überhaupt nicht infrage.

Samstag, 2. Oktober

Lucilla kam heute zu mir nach Hause und wollte alle Einzelheiten von mir und Nils wissen. Ich war zu matt, um ihr den Gefallen zu tun und von Nils zu schwärmen.

Ich sagte nur: »Da gibt es nichts zu erzählen. Es ist nichts.«

»Also hör mal! Ihr trefft euch, ihr telefoniert, ihr küsst euch! Von wegen, da ist nichts!«

»Das ist aber alles ganz anders, Lucilla. Ehrlich!«

Lucilla zog einen Schmollmund. »Du hast kein Vertrauen zu mir! Das kränkt mich.«

»Nein, das ist es nicht.«

Wieso hört Lucilla eigentlich nie richtig zu?

Sie wartete noch eine Weile, aber als ich nichts mehr sagte, meinte sie: »Ich denke, du bist noch zu mitgenommen, von der Allergie und der Küsserei. Erhol dich. Ich komm morgen wieder.«

»Ich bin morgen nicht da«, sagte ich schnell.

»Musst du wieder so einen Mutter-Tochter-Ausflug machen?« Lucilla hatte dafür kein Verständnis.

Ich nickte geknickt. »Ich befürchte.«

»Hm«, überlegte Lucilla. »Dann ruf ich dich morgen Abend mal an.«

»Ich darf sonntags nicht telefonieren.«

Lucilla runzelte missbilligend die Stirn. »Du lässt dir viel zu sehr von anderen Leuten in dein Leben reinreden, Jojo. Das musst du ändern.«

Ach ja, das sagt ausgerechnet sie.

Sonntag, 3. Oktober

Ein total öder Sonntag!

Meine Mutter hat sich den ganzen Tag um »Jojo-Schätzchen« gekümmert, was bedeutete, dass ich als Schneiderpuppe für ihre Kostümentwürfe fungieren musste.

Drei Stunden stand ich mit seitlich ausgestreckten Armen da, was zur Folge hatte, dass ich weitere zwei Stunden brauchte, um meine Arme, die in eine Art Starre verfallen waren, wieder an meinen Körper anlegen zu können. Das verbesserte meine Laune nicht gerade.

Flippi hatte sich eine andere Beschäftigung gesucht. Den ganzen Tag über klingelten irgendwelche Kinder bei uns, die von ihr interviewt wurden.

Flippi will »elternsichere« Verschlüsse an Süßigkeiten-Packungen einführen, denn viele Kinder berichteten immer wieder von einem unerklärlichen Schwund ihrer Leckereien und Flippi hat die Eltern im Verdacht.

Sie ist der Meinung, dass Eltern in unbeobachteten Momenten über die Süßigkeiten ihrer Kinder herfallen und später alles abstreiten.

Um den Herstellern der Süßigkeiten-Packungen ihren Vorschlag für elternsichere Verschlüsse zu unterbreiten, hielt Flippi es für ungeheuer wichtig, eine groß angelegte Marktforschungsaktion durchzuführen, um ihren Vorschlag mit Zahlen zu untermauern. Also ließ Flippi am Sonntag alle »Auserwählten« antanzen, damit die ihren Fragebogen ausfüllten.

Höchst erstaunlich war, dass Flippi es irgendwie schaffte, den Kindern einzureden, es sei eine besondere Ehre, an ihrer Umfrage teilzunehmen. Sie kassierte von jedem Kind eine Mark »Befragungsgebühr«.

Als meine Mutter davon Wind bekam, war sie ziemlich sauer und bestand darauf, das Geld wieder zurückzuzahlen. Flippi schimpfte und meinte, meine Mutter würde jede ihrer Geschäftsideen zunichte machen und uns alle geldmäßig ins Unglück stürzen.

Meine Mutter ließ sich nicht erweichen und Flippi machte sich zeternd auf den Weg, das Geld wieder abzuliefern.

Den Rest des Tages sprach sie kein Wort mehr mit meiner Mutter, und weil die das nicht lange aushält, bot sie Flippi an, ihr das Geld, das sie »verloren« hatte, zu ersetzen. Flippi nahm das Angebot gnädig an und meine Mutter war glücklich.

Dieser Haushalt schafft mich. Da geh ich doch lieber wieder zur Schule. Morgen. Immerhin sind ja bereits vier Tage vergangen und vielleicht erinnert sich keiner mehr an die Eisdielen-Szene.

Von wegen. Mit lautem Hallo begrüßten mich die Hühner heute Morgen und gratulierten mir zu Nils.

Lucilla tätschelte mir freundlich die Wange und flüsterte mir zu: »Hast du mal darüber nachgedacht, was ich dir Samstag gesagt habe?«

Ich nickte brav.

Lucilla war zufrieden mit mir. »Ist Nils eigentlich nicht sauer auf dich?«, wollte sie wissen.

»Wieso?«, fragte ich erschrocken. Weiß sie etwa, dass ich ihn ohne sein Einverständnis geküsst habe?

»Wegen dem anderen Typen! Musst du immer zwei gleichzeitig haben? Erst Justus und Lukas, jetzt Nils und … wie heißt der andere eigentlich?«

»Karsten«, sagte ich schwach, aber erleichtert, dass Lucilla nur annahm, Nils sei eifersüchtig.

»Mit Karsten ist es eh aus«, beendete ich das Karsten-Thema.

»Wieso hast du mir nichts von ihm erzählt?«, fragte Lucilla. Von wegen Thema beendet.

»Er hat mir nie viel bedeutet.« Das entspricht nun wirklich der Wahrheit.

»Und was ist jetzt mit Nils?«

Das wüsste ich selbst gern.

»Seid ihr noch zusammen?«, fragte sie weiter.

»Wieso willst du das eigentlich wissen?«, ärgerte ich mich und meine Stimme klang etwas feindselig.

»Na, *mir* ist das ja egal, aber die anderen interessiert es!«, verteidigte sich Lucilla.

»Warum musst du eigentlich immer alles sofort hinausposaunen und dabei auch noch so schrecklich übertreiben?« Ich war selbst erstaunt über meine plötzliche Wut.

Lucilla ebenso. »Wie bitte? Was soll denn das jetzt, Jojo? Ich hab das doch nur für dich getan. Ich hab es immer gut gemeint mit dir. Hab dich in Schutz genommen, wenn die anderen über dich gelästert haben.«

»Aber damit hast du mich in Schwierigkeiten gebracht!«

Lucilla war total empört. »Na, das ist ja wohl die Höhe! Du bist echt undankbar, Jojo. Das hätte ich nicht von dir gedacht!« Sprach's, drehte sich um und ließ mich stehen.

Ich war irgendwie mehr erleichtert als traurig. Ich hoffte, dass ohne Lucilla mein Leben etwas weniger kompliziert sein würde.

Aber als ich sie in der zweiten Pause mit allen anderen rumstehen sah, alle kicherten und lachten und gute Laune hatten, fühlte ich mich echt schlecht.

Vielleicht hatte ich Lucilla Unrecht getan? Womöglich hat sie es wirklich nicht böse gemeint. Hab ich vielleicht einen Fehler gemacht?

Aber mein größeres Problem war Nils. Eigentlich war er doch ganz nett. Und ich hätte auch wahnsinnig gerne weiter für die Zeitung geschrieben. Nur, ich wollte Nils auf gar keinen Fall mehr begegnen. Das war alles so peinlich. Und ich habe keine Ahnung, wie ich das jemals wieder in Ordnung bringen kann.

Dienstag, 5. Oktober

Ich befürchte, die goldenen Zeiten mit Lucilla und mir sind vorbei. Sie hat sich einen neuen Schützling gesucht. Irgendwie finde ich das ziemlich gemein. Sie selbst hat doch immer gesagt, sie wäre meine beste Freundin, und jetzt kümmert sie sich nur noch um Anna.

Allerdings sind diesmal nicht Jungs ihr Thema, sondern die »Optik«, wie Lucilla sich ausdrückt. Sie überarbeitet Annas »Erscheinungsbild«. Zunächst einmal hat sie angeordnet, dass Anna sich die Haare schneiden lassen muss. Danach soll sie sich eine andere Haarfarbe zulegen.

»Ich sehe dich irgendwie in Rot, Anna«, meinte sie wichtigtuerisch auf dem Schulhof. »Das entspricht mehr deinem Temperament.«

Pah, dass ich nicht lache. Anna hat das Temperament einer Schlaftablette.

»Anschließend werden wir uns um dein Outfit kümmern, Süße. Am besten stimmen wir ab. Vielleicht sollten wir eine Liste anlegen«, tönte Lucilla rum.

Ach, das kam mir alles so bekannt vor. Wie hatte ich mich nur von so jemandem bequatschen lassen können, wildfremde Jungs zu küssen. Aber Anna steht jetzt echt im Mittelpunkt und genießt es natürlich. Ich bin schon etwas sauer, aber irgendwie auch auf mich.

Als ich die Liste bekam, auf der wir alle notieren sollten, was unserer Meinung nach das beste Outfit für Anna sei, schrieb ich »Zwangsjacke« drauf.

Damit hatte ich es mir mit allen verscherzt und stand wieder allein da. Wie immer. Mein Ruhm und meine Popularität waren nur von kurzer Dauer gewesen. Jetzt bin ich wieder völlig out.

Als ich dann noch merkte, dass ich Nils eigentlich wirklich extrem nett finde, wurde ich noch deprimierter.

Wieso geht in meinem Leben eigentlich immer alles schief?

Mittwoch, 6. Oktober

Ich bin völlig erschöpft. Hab den ganzen Nachmittag nachgedacht. Denken kann ganz schön anstrengend sein. Aber mir ist jetzt klar, es gibt nur einen Weg, der aus dem Dilemma herausführt: Ich muss zu Nils gehen und ihm die ganze Geschichte erklären.

Schlimmer kann es ja nicht werden. Er findet mich eh blöd, also, was hab ich zu verlieren?

Morgen werde ich mit ihm reden.

Heute Morgen in der Schule kam Lucilla wieder zu mir. »Na, wie geht's, Jojo?«, fragte sie lauernd.

»Gut«, antwortete ich sicherheitshalber.

Lucilla seufzte. »Ich finde, wir hatten doch echt tolle Zeiten zusammen. Und jede Menge Spaß!«

Ich zuckte die Schultern.

Lucilla beugte sich näher zu mir und blickte sich um, ob eins der Hühner in der Nähe war. »Weißt du, irgendwie ist nichts mehr los. Ich find's voll langweilig.«

»Du hast doch jetzt Anna!«, sagte ich schnippisch.

»Pah, Anna. Die hat keinen Pep«, meinte Lucilla verächtlich. Dann fügte sie noch kleinlaut hinzu: »Außerdem ist sie sauer auf mich, wegen ihrer Haare.«

Ich war neugierig. »Was ist damit?«

»Die sind so rostorange und total fleckig geworden. Sie sieht aus wie ein Goldhamster.«

Ich musste lachen. Lucilla lachte kurz mit, dann meinte sie ernst: »Und nun rate mal, wem sie die Schuld gibt?«

»Keine Ahnung«, beteuerte ich scheinheilig.

»Na, mir natürlich! Dabei hab ich's doch bloß gut gemeint!«

Ich nickte. »Wo ist Anna eigentlich?«

»Zu Hause, sie traut sich nicht in die Schule.«

»Schade.« Ich hätte Goldhamster-Anna gerne gesehen.

»Wollen wir nicht wieder Freundinnen sein?«, fragte Lucilla plötzlich unvermittelt.

Ich erschrak etwas. Damit hatte ich nicht gerechnet. »Äh, weißt du, im Moment habe ich schrecklich viel zu tun. Da hab ich gar keine Zeit für eine Freundin.«

Lucillas Augen leuchteten auf. »Was hast du denn zu tun? Jungs? Gibt's was Neues?«

»Nee, nee. Hausaufgaben. Ich muss für die Schule lernen und so.«

»Ach was! Wollen wir uns heute Mittag in der Eisdiele treffen?«, schlug Lucilla vor.

Es war mir echt unangenehm. Ich wusste nicht, was ich sagen sollte.

»Na komm, Jojo. Wie in alten Zeiten«, versuchte Lucilla mich zu überreden.

Als Lucilla »alte Zeiten« sagte, fiel mir das ganze Chaos wieder ein und ich rief schnell: »Auf keinen Fall.«

Lucilla rückte empört von mir ab.

Ich versuchte meinen Ausbruch abzumildern. »Was hältst du davon, wenn ich dich anrufe, sobald ich wieder Zeit habe? Okay?«

Lucilla zuckte beleidigt die Schultern. »Kann aber sein, dass ich bis dahin eine andere Freundin habe.«

Das hoffte ich auch sehr. Für Lucilla und für mich.

Donnerstag, 7. Oktober

Heute Nachmittag bin ich zu Nils. Er öffnete die Tür und begrüßte mich mit: »Oh, Miss Chaos stattet mir einen Besuch ab. Ich sollte wohl besser den Katastrophenschutz alarmieren.«

Ich überhörte das und hielt mich exakt an die Rede, die ich einstudiert hatte. »Ich will dich gar nicht lange aufhalten. Ich will dir nur erklären, wieso ich mich so dämlich benommen habe, und mich dafür entschuldigen, dass ich damals deinen Leitartikel mitgenommen habe und du dich im Regen erkältet hast.«

»Erkältet? Was hast du denn damit zu tun?«

»Bring mich jetzt bloß nicht aus meinem Konzept. Stell also keine Zwischenfragen, warte, bis ich fertig bin. Also, da war diese blödsinnige Wette. Und ich hatte damit eigentlich gar nichts zu tun. Das war Lucillas Idee. Sie hatte mit Carla gewettet, dass ich jeden Jungen erobern könnte, den ich wollte.«

Nils lachte höhnisch. Ich geriet etwas aus meinem Rhythmus und sagte ärgerlich: »Ich hab das ja nicht behauptet. Das war Lucilla.«

»Klar doch«, grinste Nils.

»Hast du dich beruhigt, kann ich weitermachen? Also: Carla sagte, der erste Junge, der in der Pause aus der Tür rauskommt, wird der Kandidat sein. Den muss ich innerhalb von vierzehn Tagen so weit bringen, dass er mich küsst.«

»Ach, und ich war der Unglücksrabe?!«, fiel mir Nils wieder ins Wort.

Ich schaute ihn böse an. »Na ja, und weil ich Lucilla nicht im Stich lassen wollte, hab ich mich auf die Wette eingelassen und deshalb ... du weißt schon ... die Eisdiele ... tut mir echt Leid ...«

Nils nickte. Ich konnte an seinem Gesicht nicht ablesen, was er dachte.

»Also, das hatte gar nichts mit mir zu tun? Es hätte auch jeden anderen treffen können?«, fragte er nur.

Ich nickte.

»Da bin ich aber froh«, meinte Nils und er klang sehr ironisch.

Hatte ich was Falsches gesagt?

»War's das?«, fragte er barsch.

»Nee«, denn da war noch etwas, was ich wissen wollte. »Sag mal ...«, fing ich an, »wieso hast du eigentlich ausgerechnet Himbeereis für mich bestellt?«

»Hab ich nicht, der Eisverkäufer hat das ausgesucht. Ich hab ihm gesagt, es sei egal.«

»Ach so.« Schade eigentlich. Irgendwie war ich etwas enttäuscht.

Der Eisverkäufer war's also. Hm. Ob der Eisverkäufer vielleicht in mich verknallt ist? Blödsinn!

Ich sagte nichts mehr.

Nils schaute mich ausdruckslos an. Dann meinte er: »Okay. Nachdem das also geklärt ist und ich nicht mit weiteren Attacken von dir rechnen muss, erklär mir, was das für 'ne Nummer mit meinem Leitartikel war.«

Ich stellte mich dumm. »Dein Leitartikel? Was meinst du? Der war doch gut.«

Nils schaute mich kritisch an. Mir war klar, da konnte ich mich jetzt nicht rauswinden.

»Ach so«, meinte ich leichthin, »du meinst ...« Ich lachte und winkte ab. »Das war ein Missverständnis!« Ob ich damit wegkommen würde?

Keine Chance. Nils wollte es genau wissen. »Wieso hast du meinen Leitartikel einkassiert?«

»Das ist echt dumm gelaufen. Ich wollte ja nicht deinen Leitartikel, sondern meine Antworten auf die Leserbriefe wieder mitnehmen. Das war bloß 'ne Verwechslung.«

Nils sagte nichts.

Ich holte tief Luft. »Also, pass auf, ich erklär's dir ganz genau ...«

Nils unterbrach mich. »Nee, lass mal. Wenn du

mir was ganz genau erklärst, bin ich anschließend bloß total verwirrt. Einigen wir uns darauf, dass es ein Missverständnis war.«

»Genau«, rief ich zufrieden.

Nils nickte. »Also, schreibst du jetzt weiter deine Agathe-Kolumne?«

Ich strahlte ihn dankbar an. »Für mein Leben gern. Das wär echt super!«

»Okay, dann vergessen wir die ganze Sache. Schlamm drüber.«

»Schwamm«, korrigierte ich ihn.

Er ging ins Haus, holte einen Umschlag und drückte ihn mir in die Hand. »Hier sind neue Leserbriefe. Lass dir was Witziges einfallen.«

Ich war ziemlich froh und machte mich auf den Weg.

»Hey, Jojo! Warte mal!« Nils kam hinter mir hergelaufen.

»Was hast du mit dem Regen und meiner Erkältung zu tun?«

»Ooh!« Jetzt bloß nicht die Wahrheit sagen, wo sich doch alles so gut eingerenkt hat. Noch mehr Wahrheit würde Nils auf keinen Fall verkraften.

»Ich hatte an dem Tag einen indianischen Regentanz ausprobiert und wusste nicht, dass er so prompt wirken würde. Also tut mir echt Leid. War keine Absicht.«

Nils zog ungläubig eine Augenbraue hoch.

Ich hob entschuldigend die Schultern und sagte

schnell: »Also, tschüss dann. Und danke noch mal!«

»So long!«, rief Nils. Er war wohl wieder in Bestform.

Das war ja leicht gewesen.

Wieso geh ich den einfachen Weg eigentlich immer erst nach rasanten Berg-und-Tal-Fahrten, bei denen ich mir jedes Mal fast den Hals breche? Und wieso hab ich mit Lukas Schluss gemacht?

Moment mal, hab ich doch gar nicht!

Hm. Ich denke, man könnte sagen, die ganze Sache mit Lukas ist irgendwie eingeschlafen. Zwei Karten nach dem Urlaub, und das war's. Vielleicht hat Lucilla ja doch Recht: Long-distance-Beziehungen taugen nichts.

Mann, hab ich die Nase voll von Jungs!

Na ja, ehrlich gesagt nicht von allen. Nils ist eigentlich ganz nett. Im Ernst. Ich finde ihn echt okay.

Wenn ich so drüber nachdenke, kriege ich richtigen Pommes-Hunger. Vielleicht geh ich 'ne Tüte Pommes essen.

Schade, dass mir das nicht früher eingefallen ist. Hätte Nils fragen können, ob er Lust hat mitzukommen. Ich hätte sagen können, ich wolle mich revanchieren, weil er mich ja beim letzten Mal eingeladen hat. Aber womöglich wär er gar nicht mitgekommen und hätte nur so was Unverschämtes gesagt wie »Hab grade kein T-Shirt an, auf dem Ketschup-Flecken gut aussehen« oder so. Das wär mir dann bloß wieder peinlich gewesen.

Und wieso denkt man sich eigentlich dauernd Szenen aus, wie das eigene Leben verlaufen könnte? Was wer wann wo sagen oder tun würde? Man könnte sich doch auch einfach überraschen lassen. Kommt ja eh nichts so, wie man es plant. Und sich im Nachhinein alles, was passiert ist anders zurechtzulegen und sich einen anderen Verlauf der Dinge auszudenken bringt doch eigentlich auch nichts. Also, wieso tut man das? Keine Ahnung.

Mir wird vom vielen Denken schwindelig. Ich beantworte jetzt besser die neuen Briefe, da muss ich nicht denken.

Hm, mir fällt nichts ein. Gibt's so was? Ich versteh das nicht, beim letzten Mal lief das doch wie geschmiert.

Na ja, da hatte ich aber auch angenommen, Nils habe die Briefe geschrieben, um mich reinzulegen.

Genau. Das ist es: Ich muss mir vorstellen, Nils hat sie geschrieben. Das hat beim letzten Mal auch geholfen.

Liebe Agathe,
in der Schule habe ich keine Freunde und sitze in den Pausen immer allein auf dem Hof auf einer Bank. Die

Dritte von links übrigens, falls du mich mal besuchen möchtest. Eine Leidensgenossin hat mir neulich gesagt, das würde an meinen Käsebroten liegen und ich solle Schinkenbrote mitbringen. Meinst du wirklich, Schinkenbrote helfen?

PS: Möchtest du vielleicht meine Freundin sein?

Das hat Nils nie und nimmer geschrieben, das war Johanna-mit-dem-Käsebrot. Ich glaub's ja nicht. Also, Johanna, schnall dich an, es geht los:

Liebe Käsebrotbesitzerin,
das war aber sehr nett von dem unbekannten Mädchen, dass es dir diesen Rat gegeben hat. Und den weisen Ratschlag einer älteren Mitschülerin sollte man immer befolgen. Sie war doch älter, nehme ich an?!

PS: Und nenne die weise Mitschülerin nie wieder eine Leidensgenossin, klar? Die hat Freunde. Und zwar jede Menge. Ach, und noch was: Wenn du mir wieder mal einen Brief schreibst, leg bitte den Brief nicht in die Nähe deines Käsebrotes. Der Geruch hat selbst meine Stubenfliegen in die Flucht geschlagen.

Okay, erledigt. Weiter im Text:

Liebe Agathe,
die Mädchen finden mich langweilig, sie meinen, ein

Nachmittag mit mir wäre öder als ein Spaziergang im Nebel. Wobei man die Aussage so ja eigentlich nicht stehen lassen kann.
Ein Spaziergang im Nebel kann eine unheimlich spannende Angelegenheit sein. Überhaupt ist Nebel eine faszinierende Sache. Wenn man sich nur mal die Wassermoleküle anschaut, die ja zur Genüge im Nebel vorhanden sind. Und diese Wassermoleküle sind wiederum auch rein von der chemischen Seite aus betrachtet durchaus …

Gähn, ist doch nicht wahr, drei Seiten über chemische Verbindungen, die Wassermoleküle eingehen können.

Was ist das bloß für ein Typ!

Lieber Langweiler,
sorry, aber ich bin über deinem Brief eingeschlafen, er entglitt meinen Händen und schwebte zum Fenster raus. Worum ging's? War es wichtig?
Gruß, Agathe

Mann, was die Leute für Probleme haben. Ist doch nicht zu fassen:

Liebe Agathe,
im Sportunterricht lachen mich immer alle aus, weil ich nicht an dem Seil hochklettern kann und immer der Letzte bin. Was soll ich machen?

Liebe Sportskanone,
zunächst mal keine Sorge: Bodenständigkeit ist eine Tugend und so mancher, der hoch hinauswollte, hat es bitter bereut – oder ist jetzt erfolgreich, berühmt und hat jede Menge Kohle.
Es gibt Kulturen, bei denen Langsamkeit etwas mit Weisheit zu tun hat. Du könntest auswandern oder aber dich vom Sportunterricht befreien lassen, je nach dem, was du schneller bekommst: ein Attest oder ein Visum.
Gruß, Agathe

Liebe Agathe,
in den Fernsehserien haben die Mädchen immer so voll coole Frisuren. Als ich das letzte Mal versucht habe, mir so eine Frisur zu machen, habe ich irgendwie ausgesehen wie ein Wischmopp.
Was soll ich tun?

Lieber Wischmopp,
das darfst du nicht so eng sehen.
Viele berühmte Stars sahen in ihrer Jugendzeit total peinlich aus und haben sich bis auf die Knochen blamiert. Außerdem bleibt dir ja immer noch die Möglichkeit, die Stadt zu wechseln.
Ach übrigens, hättest du vorher noch kurz Zeit, bei mir zu Hause vorbeizukommen? In den Ecken müsste dringend mal wieder gewischt werden.
Gruß, Agathe

Liebe Agathe,
meine Leerer haben mich so was von auf dem Kieker! Stendig nörkeln sie an mir rum und verbessern mich. Ich klaube keiner kann mich so richtik leiden.

Liebe Mimose,
das bildest du dir nur ein. Sicher mag dich dein Deutschlehrer besonders gern.
Übrigens hast du eine totale Sauklaue und (um nur ein Beispiel zu nennen) ›nörgeln‹ schreibt man mit ›g‹, und überhaupt könntest du was Sinnvolleres tun, als mir meine Zeit zu stehlen!
Gruß, Agathe

So, alle verarztet.

Die Antworten werde ich gleich morgen zu Nils in die Redaktion bringen. Und das hat jetzt wirklich nichts damit zu tun, dass ich ihn nett finde. Ich finde ihn so ganz normal nett. Wie man nette Leute eben nett findet.

Freitag, 8. Oktober

Heute war ich in der Redaktion. Nils arbeitet immer am selben Computer und ich dachte mir, wenn ich es beim nächsten Mal geschickt anstelle, erwische ich den Computer direkt neben ihm. Das hat natürlich nichts mit Nils zu tun, sondern nur mit dem Job. Ich kann jede Menge von Nils lernen und so. Und wenn ich mal Fragen an ihn habe, muss ich nicht so weit laufen. Die Sache hat also rein praktische Gründe.

Heute saß Tina, die Moderedakteurin, neben ihm. Ich fand, sie hat ein bisschen viel mit Nils gequatscht. Wie soll der arme Kerl denn zum Arbeiten kommen, wenn ihn dauernd jemand so von der Seite ansülzt?

Als sie ging, setzte ich mich auf ihren Platz. Nils schaute mich erstaunt an. Ich erklärte ihm, dass der andere Computer eine äußerst schlechte Arbeitsmoral an den Tag legen würde. Dauernd schließe er eigenmächtig die »Anwendung« und verabschiede sich.

Ich deutete auf den Computer neben Nils' Arbeitsplatz. »Dieser hier macht einen entschieden vertrauenswürdigeren Eindruck. Ich denke, mit dem könnte ich mich anfreunden.«

Nils grinste und meinte: »Ist okay, wir haben freie Computer- und Platzwahl hier.« Dann wollte er wissen, wie weit ich bin.

Wir plauderten richtig nett, er las meine Texte durch und lachte sich über einige meiner Antworten echt schief. Er meinte, ich hätte Humor. Zwar keinen sehr anspruchsvollen, eher einen ziemlich schrägen, doch das wäre gefragt bei der Leserschaft.

»Aber es wäre nett, wenn du in Zukunft darauf verzichten würdest, den Chefredakteur durch den Kakao zu ziehen«, ergänzte er noch und ich wurde etwas verlegen.

Jetzt war mir das mit der Strick- und Häkelgruppe doch sehr peinlich.

Ich nickte. »Klar doch, lassen wir in Zukunft«, sagte ich so forsch wie möglich.

Er lachte und ich war ziemlich erleichtert.

Nils war total freundlich zu mir und irgendwie gut drauf. Dann guckte er auf die Uhr und meinte: »Ich muss los, hab noch einen Termin.«

»Okay«, sagte ich leichthin und versuchte zu überlegen, woher das enttäuschte Gefühl in meinem Magen kommt.

»Bleibst du noch länger?«, fragte er in meine Gedanken hinein.

»Äh … ich … weiß nicht.« Ich wollte unbedingt die richtige Antwort auf diese Frage geben, wusste sie aber nicht.

Nils kam mir zu Hilfe. »Falls ja, sehen wir uns später, ich komm nämlich noch mal vorbei.«

Ich nickte eifrig. »Oh, ich bin da. Ganz lange. Vor zehn geh ich nie ins Bett.«

Nils schaute mich irritiert an.

Ich hätte mir auf die Zunge beißen können. »Vor zehn geh ich nie ins Bett« – was rede ich bloß für einen Blödsinn? Kann es sein, dass dieser Typ mich nervös macht?

Nils packte seine Sachen, grinste mich an und sagte sein unvermeidliches Gute-Laune-So-long.

»So long«, murmelte ich ebenfalls, immer noch peinlich berührt von meinem dummen Satz.

Ich wollte eigentlich weiterschreiben, aber irgendwie musste ich dauernd an Nils denken und konnte mich gar nicht auf meine Briefe konzentrieren. Wenn ich es nicht besser wüsste, würde ich sagen, es fühlt sich an, als ob ich in Nils verknallt wäre. Aber dann entschied ich, dass das gar nicht möglich war. Allerdings könnte es für meine Zeitungskarriere enorm wichtig sein, von jetzt an neben Nils zu sitzen. Deshalb klebte ich einen kleinen Aufkleber mit meinem Namen an den Computer, damit alle wissen, dass das ab sofort mein Platz ist.

Benny und Daniel guckten die ganze Zeit zu mir rüber und tuschelten miteinander. Ja, Jungs tuscheln ebenfalls. Allerdings lauter und ungeschickter als Mädchen.

Jedenfalls kam Benny angeschlendert und setzte sich lässig auf meinen Tisch. »Na? Schon eingelebt?«

»Ich denke schon. Ich wohne immerhin schon seit dreizehn Jahren hier.«

Benny musste etwas schlucken, weil ich ihn aus dem Konzept gebracht hatte. »Ich mein die Redaktion. Wie gefällt's dir?«

Ach so, vielleicht wollte er wirklich ein nettes Gespräch anfangen und führte gar nichts im

Schilde. Na, dann konnte ich ja auch freundlich sein.

Ich strahlte ihn an. »Super, ich find's echt klasse. Macht Spaß.«

Benny schaute zu Daniel. »Uns auch, nicht wahr?«

Daniel nickte. »Besonders, wenn Nils da ist.«

Benny verdrehte schwärmerisch die Augen. »Ach ja«, seufzte er und legte seine Hand aufs Herz. »Nils!«

Ich guckte irritiert zu Daniel. Der hatte plötzlich einen Cocker-Spaniel-Blick drauf und jammerte total theatralisch: »Ich vermisse ihn so sehr. Er hätte nicht gehen sollen. Was meinst du, Jojo?«

Da war mir klar, was die beiden für eine Nummer abzogen. Wenn ich nicht rot geworden wäre, wäre ich sicher überzeugender gewesen, als ich auf Nils' Platz schaute und sagte: »Oh, ist er nicht mehr da? Ist mir gar nicht aufgefallen.«

Benny verzog sich von meinem Tisch und er und Daniel lachten sich halb tot. Ich war irre wütend. Blöde Bande. Ich musste ihnen auf der Stelle beweisen, dass mir Nils schnurzpiepegal ist. Nur wie?

Ich hatte gleich eine geniale Idee. Ich trug noch ein Foto von Lukas in meiner Tasche, das hatte ich Lucilla mal bewundern lassen. Ich kramte es hervor und stellte es demonstrativ neben meinem Computer auf. Natürlich küsste ich das Foto vorher sehr wirkungsvoll.

Benny kam gleich an und deutete darauf. »Dein Bruder sieht ja wesentlich besser aus als du.«

»Das ist mein Freund«, entgegnete ich kühl.

»Meine Güte, ist ja nicht möglich«, hauchte Benny dämlich und dann plärrte er durch den Raum: »He, Daniel, stell dir vor: Jojo hat einen eigenen Freund. Mit Bild. Echt wahr, hier steht's. Komm gucken!«

»Verschwinde, du Schnarchnase«, sagte ich nur noch und versuchte zu vermeiden wieder rot zu werden.

»Hey, Jojo, du bist ja immer noch hier. Nun mach mal Feierabend und komm mit 'ne Pizza essen!«

Ich fuhr erschrocken herum. Das war Nils, er hatte seinen Termin wohl erledigt und – ich konnte es nicht fassen – er lud mich zu einer Pizza ein!

Ich war völlig sprachlos. Ich war völlig entzückt. Ich war im siebten Himmel. Eine Einladung! Nils will mit mir 'ne Pizza essen gehen!

Pizza ist wesentlich besser als Pommes. Definitiv. Ich müsste mal Lucilla fragen, aber ich bin sicher, wenn ein Junge einen zu Pizza einlädt, ist das 'ne ernste Sache. Immerhin sitzt man da am Tisch. Pommes ist noch eher so auf der unverbindlichen Seite. Man steht vor der Bude rum und mampft. Aber Pizza, mit Tisch und Hinsetzen, alle Achtung!

Womöglich findet Nils mich doch toll. Also,

wenn er in mich verknallt ist, dann bin ich natürlich auch in ihn verknallt. Ich drehte mich um und strahlte ihn an.

Nils legte seine Sachen auf den Tisch und sein Blick fiel auf das Foto von Lukas. Er deutete darauf. »Wer ist das?«

»Och«, sagte ich, nahm das Foto und schob es zwischen die Leserbriefe.

Doch bevor ich sagen konnte, ich wüsste nicht, wer das sei, das Bild wäre in einem der Briefe gewesen, rief der verflixte Benny: »Das ist Jojos Freund.«

»Oh«, sagte Nils nur, zog das Foto wieder zwischen den Briefen raus und betrachtete es genauer. »Ziemlicher Verschleiß, was? Das ist nicht der Typ von der Eisdiele.«

»Nein«, sagte ich kleinlaut, »aber ich kann das erklären ...«

»Bloß nicht«, wehrte Nils ab. Er ließ das Foto wieder auf meinen Schreibtisch fallen, sammelte ein paar Dinge aus seinen Unterlagen zusammen und ging wieder.

Kein Wort mehr von wegen Pizza.

Dafür, dass ich ja eigentlich gar nicht in Nils verliebt bin, war ich ziemlich deprimiert.

Samstag, 9. Oktober

Ich fühle mich total elend. Hundeelend. Das Gefühl kenn ich. Das ist Liebeskummer. Eindeutig. Wie kann man bloß Liebeskummer haben, wenn man gar nicht mitgekriegt hat, dass man überhaupt verliebt war?

Das ist voll ungerecht. Wenn ich schon Liebeskummer habe, will ich vorher wenigstens auch richtig verliebt gewesen sein. Das ist wirklich eine elende Angelegenheit.

Ich bin schon kurz davor, Lucilla zu vermissen. Die hatte wenigstens immer einen Plan. Und außerdem fand sie alles toll, was mir so passiert.

Flippi, die Plage, hat versucht mich wieder fertig zu machen. Kam zu mir ins Zimmer und meckerte: »Mir reicht's jetzt. Ich hab's im Guten versucht. Sie kapiert es nicht. Das bedeutet Krieg.«

»Macht's dir was aus, mir mal zu sagen, worum es geht?«

Sie bohrte mir ihren Zeigefinger in den Bauch und meinte: »Ich mach dich persönlich dafür verantwortlich!«

Ich war zu erschöpft, um echten Krach mit ihr anzufangen. »Ja, ja, schon gut. Wofür?«

In heller Empörung rief Flippi aus: »Sie hat mir über den Kopf gestreichelt! In der großen Pause. Auf dem Schulhof. Jeder hat's gesehen.«

Ach klar, Lucilla. Die Schnecken-Nummer hat sie offensichtlich nicht geheilt, sie findet Flippi wohl weiterhin süß.

Mann, Flippis Probleme möchte ich haben.

»Und weißt du, was sie gesagt hat: ›Hi, Flippi-Mäuschen!‹« Flippi konnte sich gar nicht beruhigen. Ich musste grinsen. Das war wirklich übel. Also für Flippis Weltbild. Keiner darf sie süß oder niedlich finden. Und Über-den-Kopf-Streicheln steht ganz oben auf Flippis Hass-Liste.

»Das ist echt mies«, gestand ich ihr zu.

Flippi nickte. »Aber das ist noch nicht alles!«

Ich bemühte mich um ein entsetztes Gesicht. »Was hat sie noch gemacht?«

Flippi bekam (wohl in Erinnerung an diese Schmach) kleine wütende Augen. »Sie hat mich an sich gedrückt und zu den anderen Suppenhühnern gesagt: ›Flippi ist meine kleine Freundin. Sie ist total goldig.‹ Kannst du das glauben?«

Ich bejahte. »Allerdings. Typisch Lucilla. So macht sie alle fertig. Gnadenlose Freundlichkeit. Du tust mir echt total Leid, Flippi-Mäuschen.«

Ich ging sofort in Deckung, weil jetzt eigentlich ein Angriff zu erwarten war. Aber Flippi war abgelenkt, ihr war gerade ein Gedanke gekommen.

Das beunruhigte mich.

Flippi wollte aus meinem Zimmer gehen.

Ich hielt sie zurück. »War nur ein Scherz, tut mir Leid.«

Flippi legte verständnislos die Stirn in Falten. »Was?«

Oh Mann, Glück gehabt, das mit dem »Mäuschen« hatte sie gar nicht mitgekriegt.

»Na, dass Lucilla so mies ist«, sagte ich schnell.

Flippi nickte nur. Sie war wirklich mit ihren Gedanken woanders.

»Also, ich meine, dass sie so nett zu dir ist.« Ich wollte Flippi nicht gehen lassen, bevor ich wusste, was sie ausheckte.

Sie lächelte. »Sie wird mich nicht mehr lange süß finden. Das schwör ich dir.«

Und damit ging sie.

Ich lief hinter ihr her. »Hör mal, Flippi, nur um das mal klarzustellen. Ich hab mit Lucilla nichts mehr zu tun. Ich hab sie auch nie gebeten, nett zu dir zu sein und so. Bitte vergiss das nicht. Ich finde dich überhaupt nicht süß, ehrlich. Du bist cool … und nervig … fast schon auf der ekligen Seite.«

Flippi grinste. »Schon gut, keine Angst, ich tu dir nichts. Aber ich werde Lucilla eine kleine Freude bereiten.«

Puh, Glück gehabt! Flippi hatte wohl ihren großzügigen Tag.

Sonntag, 10. Oktober

Ich hatte heute derart schlechte Laune und fühlte mich so elend einsam, dass ich Lucilla angerufen habe.

Erst war sie etwas abweisend, aber als ich dann wieder auflegen wollte, rief sie schnell: »Wir treffen uns heute Mittag in der Eisdiele. Komm doch vorbei!«

Ich dumme Ente bin natürlich hingewatschelt.

Lucilla war auch gleich total süß zu mir, umarmte mich und zog mich neben sich. Anna im Goldhamsterlook war auch da. Sie saß auf der anderen Seite von Lucilla. Offensichtlich hatte sie ihr vergeben. Lucilla und Anna waren alleine.

»Ich bin wirklich froh, dass du es dir anders überlegt hast, Jojo. Du hast die richtige Entscheidung getroffen«, flötete Lucilla.

Je mehr Lucilla redete, desto weniger war ich der Überzeugung, dass es wirklich die richtige Entscheidung gewesen war.

»Erzähl, was gibt's Neues an der Front?«

»Nicht viel.«

»Was ist mit Nils? Seid ihr noch zusammen?«

»Ach Lucilla, lass uns doch mal über was anderes reden.«

»Na, über was denn? Jungs sind *das* Thema. Nicht wahr, Anna!«

Annas rostoranger, fleckiger Kopf nickte eifrig.

»Allerdings. Lucilla hat schon einen neuen Typen für dich. Also, falls das mit Nils nichts wird.«

Das war ja wohl die Höhe. Mit jemandem, der aussieht wie ein Goldhamster, bespricht Lucilla mein Liebesleben.

»Ich will aber nicht dauernd verkuppelt werden! Ich dachte, wir treffen uns nur mal so, essen Eis und quatschen.«

Lucilla guckte mich groß an. »Ja, aber worüber denn?«

Wusste ich so auf Anhieb auch nicht.

»Jojo, wieso bist du denn nur so störrisch? Ich meine es doch nur gut mit dir. Echt. Frag Anna.«

Anna nickte eifrig.

Ich blickte auf ihre Haare und fragte: »Gefällt dir dieser Goldhamsterlook eigentlich?«

Anna guckte beleidigt. »Lucilla sagt, das sei total in.«

»Ach, und wenn Lucilla das sagt, läufst du auch als Goldhamster rum?«

»Jojo!«, rief Lucilla empört.

»Na ist doch wahr! Immer sagst du allen, was sie tun sollen. Egal, ob man das will oder nicht! Und dann kommt immer irgendeine Katastrophe dabei raus.« Ich deutete auf Annas Haare.

Anna war total empört. »Meine Haare sind keine Katastrophe. Das ist in«, quietschte sie.

»Ja, ja, sagt Lucilla, ich weiß!«, winkte ich ab.

Lucilla war wütend. »Jojo, du bist total unverschämt und undankbar, weißt du das! Also, wenn das echt deine Meinung ist, dann bist du von jetzt an auf dich selbst angewiesen. Ich kümmere mich nicht mehr um dich. Sieh doch zu, wie du alleine zurechtkommst!« Sie stand auf. »Los, Anna, wir gehen.«

Anna nickte eifrig und stand ebenfalls auf. Die beiden verließen theatralisch die Eisdiele.

Eine Minute später standen sie wieder vor mir.

Lucilla stemmte die Arme in die Seite. »Wieso sollen eigentlich *wir* gehen! Ich bin der Meinung, du gehst!«

Ich löffelte mein Eis. Auf einmal hatte ich richtig gute Laune. »Ich bin der Meinung, das ist eine öffentliche Eisdiele, und ich habe mein Eis noch nicht aufgegessen.«

»Das ist ja wohl die Höhe«, zischte Lucilla, schnappte sich Anna und ging.

Mein Leben konnte nur besser werden. Ohne Lucilla.

Eigentlich wollte ich Lucilla ja vor Flippis Rache warnen. Hatte ich ganz vergessen. Zu dumm. Oder vielleicht auch nicht.

Montag, 11. Oktober

Schon heute wurde mein Leben besser. Es wurde phänomenal gut. Wegen Nils.

Nils ist sooo süß. Echt. Das hätte ich nie im Leben für möglich gehalten.

Er hat mir nämlich einen Brief geschrieben. Total lieb! Also, er hat ihn an Agathe geschickt, offiziell in die Redaktion. Heute lag er auf meinem Schreibtisch im Computerraum.

Natürlich hat Nils nicht mit seinem Namen unterschrieben. Aber ich weiß genau, dass der Brief von ihm ist. Er kann nur von ihm sein. Er schreibt:

Liebe Agathe,
seit einiger Zeit gibt es in meinem Leben ein Mädchen, das mich sehr verwirrt. Sie macht mich ziemlich nervös und deshalb glaube ich, dass ich irgendwie verliebt in sie bin. Oder so was Ähnliches.
Das Problem mit ihr ist aber, dass sie total umschwärmt ist und jede Menge Jungs sich um sie reißen.
Ich wäre gerne mit ihr befreundet, aber ich will nicht einer von vielen sein.
Was soll ich tun?
Jacob Sandler

Das ist doch wohl total goldig. Ich werde seinen Brief beantworten. Aber natürlich nicht in der Zeitung, sondern privat. Das geht ja nur Nils und mich was an.

Ich musste keinen Moment darüber nachdenken, was ich Nils schreiben sollte.

Lieber Nils,
tausend Dank für deinen süßen Brief, das ist total goldig und romantisch von dir. Und witzig, echt!
Also, dann werde ich dir mal als Agathe antworten:

Lieber Mister Verwirrt!
Wie ich aus zuverlässiger Quelle weiß, findet besagtes Mädchen dich toll.
Und wie ich ebenso weiß, hat sie überhaupt keinen festen Freund, sondern hat nur vor ihren Freundinnen damit angegeben und so getan als ob. Und den Typen, der sie vor der Eisdiele geküsst hat, kannte sie gar nicht, den hat ihre idiotische kleine Schwester für zehn Mark gekauft, um ihr einen Streich zu spielen. Natürlich behauptet die freche kleine Schwester, das wäre totaler Blödsinn, sie hätte ihr nur helfen wollen, aber das glaubt ja wohl nur jemand, der den Verstand einer Tütensuppe hat.
Also: Sie hat keinen festen Freund und findet dich echt klasse.
Gruß, Agathe

PS: Der Typ auf dem Foto war nur eine Urlaubsbekanntschaft. Also: keine Konkurrenz!

Nils geht morgen zum Basketballspiel unserer Schulmannschaft. Ich werde dort auftauchen und ihm den Brief geben.

Ich bin total oberhappy, mein Leben ist einfach spitzenmäßig gut!

Nils ist sooo süß!

Dienstag, 12. Oktober

Oh nein. Das wäre fast die größte Blamage meines Lebens geworden. Mir ist immer noch ganz übel vor Schreck.

Also: Ich traf Nils beim Basketballspiel. Nils war im Dienst, er musste über das Spiel schreiben. Alles klar, war okay, nur leider irgendwie nicht romantisch, so zwischen Hunderten von grölenden Schülern. Na ja. Außerdem war Nils erstaunt mich dort zu sehen und benahm sich auch sehr kühl mir gegenüber. Aber womöglich ist er etwas schüchtern.

Ich wartete dauernd auf die passende Gelegenheit, ihm den Brief zu geben, aber die ergab sich einfach nicht.

Dann war das Spiel zu Ende.

Nils stand auf und meinte: »Ich muss zur Mannschaft in die Kabine, ein paar Kommentare von den Spielern einholen.«

Ich nickte. »Ich komm mit.«

Er schaute mich fragend an. »In die Umkleideräume der Jungs?«

»Ach so, nee. Hmm.« Ich überlegte.

Wir gingen von der Tribüne zu den Umkleideräumen. Vor der Tür gab ich Nils den Brief und lächelte ihn total süß und verliebt an. »Hier, Agathe hat einem verwirrten jungen Mann die Augen geöffnet.« Nils nahm den Brief ohne große Begeisterung entgegen.

Ich war ein bisschen enttäuscht. Er wusste ja wohl, worum es ging. Er hätte schon etwas aufgeregter sein können.

Aber vielleicht hing das ja auch mit seinem Job zusammen. Schließlich war er gerade im Dienst und musste sich auf seine Arbeit konzentrieren.

Ich winkte ihm noch mal zu und er verschwand in der Umkleide.

Ich hing draußen rum und überlegte, was ich jetzt wohl tun könnte, da quatschte mich ein Viertklässler an. »Hallo, Jojo«, flüsterte er.

»Hallo«, sagte ich verwundert. Keine Ahnung, wer das war.

»Psst!«, sagte er. »Nicht so laut! Hast du meinen Brief schon gekriegt?«

»Weiß nicht, wieso?«, flüsterte ich.

»Ihr schreibt doch nicht die echten Namen drunter, wenn ihr was veröffentlicht?«

»Nein, machen wir nie, das wird anonym beantwortet.«

»Gott sei Dank!«, meinte er erleichtert. Dann zog er wieder ab.

»He, Jacob!«, rief von hinten ein Mitschüler. »Wart mal!«

Jacob, merkwürdiger Name. Aber wenn man Josefine heißt, sollte man weiß Gott nicht über Namen lästern.

»Sandler, verdammt, bleib stehen!«, rief der Junge wieder und Jacob Sandler blieb stehen.

Jacob Sandler?

Jacob Sandler?!

Ich rannte zu dem Viertklässler, riss ihn am Arm herum und fuhr ihn an: »Heißt du etwa Jacob Sandler?«

Der Junge riss panikartig die Augen auf. »Du hast doch gesagt, alles ist anonym. Erzähl bloß niemandem, dass ich den Brief geschrieben habe!«

Ich starrte ihn an und wollte ihn ohrfeigen. Aber tief in mir drinnen war mir klar, dass es nicht seine Schuld war.

Gott, wie peinlich! Wenn Nils den Brief las …

Nils! Ich musste den Brief wiederbekommen. Und zwar auf der Stelle.

Panisch und ohne nachzudenken rannte ich in die Umkleide der Jungs und suchte Nils. Die meisten riefen mir üble Verwünschungen zu und einer schleuderte mir ein Handtuch an den Kopf. Das führte dazu, dass ich nichts mehr sah, gegen eine Bank knallte und hinfiel.

Es gab einigen Aufruhr und so wurde Nils auf mich aufmerksam. Ärgerlich kam er auf mich zu, half mir auf und zerrte mich aus der Umkleidekabine. »Sag mal, was ist bloß mit dir los? Wieso kannst du dich nicht ein einziges Mal benehmen wie jeder andere auch?«

Ich hatte keine Zeit für lange Erklärungen, ich wollte nur eins wissen: »Hast du den Brief schon gelesen?«

»Nein.« Nils klang wirklich ärgerlich. »Wann denn? Ich hatte noch keine Zeit dazu. Das kann doch wohl nicht so dringend sein!«

»Es ist überhaupt nicht dringend, gib ihn mir wieder!« Ich war vor lauter Panik richtig außer Atem.

Jetzt schaute mich Nils an, als sei ich total übergeschnappt.

»Bitte«, flehte ich ihn an.

»Du willst den Brief zurück und deshalb veranstaltest du diese Showeinlage?«

Ich nickte.

Nils holte den Brief aus seiner Tasche und schaute darauf. Ich riss ihn ihm aus der Hand und zischte ab. Gerade noch mal gut gegangen. Das war haarscharf.

Ich war ziemlich wütend (leider auf mich selbst) und wahnsinnig enttäuscht. Wie komme ich bloß auf die Idee, dass Nils in mich verliebt ist? Ich bin eine selten dämliche Ente.

Zu Hause pfefferte ich den Brief in die Ecke und wurde immer wütender. So liebevoll hatte ich »Nils« auf den Umschlag geschrieben und die Knalltüte findet mich überhaupt nicht toll.

Mittwoch, 13. Oktober

Heute hat Flippi wieder ein Schauspiel auf dem Schulhof abgezogen. Die Oliver-Twist-Nummer. Sie rempelte Nils an und ich bin sicher, sie hat ihm wieder irgendetwas in die Jackentasche gesteckt. Ich hab zwar nicht gesehen was, aber ich befürchte, dass es eine von ihren Nacktschnecken war.

Lucilla scheint bisher noch Flippis Rache entgangen zu sein. Entweder braucht Flippi eine ewig lange Vorbereitungszeit (dann tippe ich mal auf mesopotamische Steppenfalle) oder sie hat es vergessen.

Vergessen? Flippi? Nee!

Nachmittags rief mich Nils an. Ob ich Zeit hätte, mich mit ihm zu treffen. Wenn es sein müsste, auch in der Eisdiele.

Ich überlegte einen Moment und sagte Nein. Denn ich war ziemlich sicher, dass er mir eine Standpauke halten wollte, wegen der Nummer in der Umkleide. So nach dem Motto, ich sollte mich mal zusammenreißen und mich normal benehmen. Dazu hatte ich keine Lust.

Das weiß ich selber, dass ich mein Chaosleben in den Griff kriegen muss.

Vielleicht wollte er mich auch meines Amtes entheben und ich darf nicht mehr für die Zeitung schreiben? Auch dazu hätte ich keine Nerven. Ich blieb bei meinem Nein.

»Schade«, meinte er. »Wann hast du denn mal Zeit?«

»Morgen Nachmittag«, schlug ich vor. Ich dachte, wenn er eine Nacht darüber schläft, wird er sich beruhigt haben und mich nicht zur Schnecke machen.

Oh Mann. Von wegen »Schnecke« – vielleicht hat er ja Flippis Schnecke in seiner Jackentasche gefunden und rausgekriegt, dass Flippi meine Schwester ist. Das wäre peinlich.

Na ja, wie auch immer, morgen Nachmittag weiß ich mehr.

Donnerstag, 14. Oktober

Na klasse, jetzt weiß ich mehr. Aber das hätte ich lieber nicht gewusst. Mein Leben ist zu Ende. Ich kann meine Sachen packen und auswandern. Die absolute Oberpeinlichkeit ist passiert. Dank Flippi. Meiner einzigartigen geliebten Schwester, die es ja immer nur gut meint und lediglich ein bisschen »nachhelfen« will.

Ich wollte gerade los, um mich mit Nils zu treffen, als Flippi in mein Zimmer kam.

»Na, was hat er gesagt?«, fragte sie neugierig.

»Wer?«

»Na dein Liebster!«

Ich fragte wieder: »Wer?«, aber diesmal etwas schriller.

»Nils.«

»Er ist nicht mein Liebster, und was soll er denn sagen?«

»Jetzt sag bloß, dein Brief hat ihn nicht beeindruckt?«

Mir wurde übel, mir schwante was, aber ich fragte trotzdem: »Was für ein Brief?«

»Der sülzige Liebesbrief, den du ihm geschrieben hast.«

Ich starrte Flippi nur noch an.

»Der in deinem Zimmer lag. Stand doch sein Name drauf. Ich hab ihm den Brief in altbewährter Manier gestern zugesteckt.« Flippi schaute mich stolz an. Sie erwartete Lob, aber ich warf ihr meinen Rucksack an den Kopf.

»Das hast du nicht! Sag, dass das nicht wahr ist!« Meine Stimme kippte vor Verzweiflung und ich fing an zu heulen.

Flippi schaute mich total verwundert an und war wohl so beeindruckt von meinem Gefühlsausbruch, dass sie sich nicht wehrte, sondern nur sagte: »Sorry, ich wollte nur behilflich sein.«

Ich machte den Mund auf, um »raus« zu brüllen, aber sie hob beschwichtigend die Hand und sagte: »Ich geh ja schon.«

Ich heulte ganz fürchterlich und mir fiel nicht ein, wann ich mich zuletzt so schlecht gefühlt hatte.

Natürlich ging ich nicht in die Eisdiele, sondern packte meine Siebensachen und schaute im Atlas nach, welches Land am weitesten von Deutschland entfernt liegt.

Freitag, 15. Oktober

Nils rief gestern noch zweimal an, aber ich zwang meine Mutter zu sagen, ich sei nicht da. Sie hat darin allerdings überhaupt keine Übung und meinte doch glatt zu Nils: »Jojo sagt, sie sei nicht da und ich wüsste auch nicht, wann sie wiederkommt.«

In der Schule bin ich heute in den Pausen im Klassenzimmer geblieben, weil ich Angst hatte Nils zu begegnen.

Fünf Minuten bevor die letzte Stunde aus war, bat ich unseren Lehrer gehen zu dürfen, weil mir schlecht sei. Das war noch nicht mal gelogen. Mir war schlecht. Ich ging also vor allen anderen und konnte so vermeiden, dass Nils mir auf dem Heimweg irgendwo auflauerte und sich über mich lustig machte.

Ich weiß nicht, wie lange ich das durchhalte. Ich brauche einen richtig guten Plan. Ich muss mindestens die Schule wechseln.

Oh Mann, vor lauter Nils-Stress hätte ich fast vergessen, über den Kampf zwischen Flippi und Lucilla zu berichten. Das Thema hat jetzt wohl ein Ende gefunden. Da lernen eher Schweine fliegen, bevor Lucilla wieder sagt, Flippi sei »so süß«.

Also, nach der großen Pause, mitten im Deutschunterricht, fing Lucilla gellend an zu schreien und sprang wie Rumpelstilzchen auf und nieder.

Was war passiert?

Flippi hatte sich während der Pause in unser Klassenzimmer geschlichen. Sie hatte erwartet, dass es leer wäre. Aber ich war da, weil ich ja auf Tauchstation gegangen war.

Flippi war zuerst etwas verunsichert, als sie mich sah. »Na, macht nichts. Ist vielleicht ganz gut, dass du da bist, spart mir Zeit. Wo sitzt Lucilla?«, fragte sie mich.

Ich wies auf ihren Platz.

Flippi machte sich an Lucillas Federmäppchen zu schaffen.

»Was tust du da?«, wollte ich wissen.

»Lass dich überraschen!«, rief Flippi gut gelaunt.

Als sie fertig war, kam sie zu mir und forderte: »Du musst mir nur eins versprechen.«

»Mach ich«, sagte ich sofort, denn ich hatte eine Art ängstliches Gefühl. Das hätte übrigens jeder, der Flippi in Rachelaune in die Augen schauen muss.

»Wenn Lucilla fragt: ›Wer war das?‹ …«, begann Flippi.

Ich nickte und unterbrach sie: »… sag ich keinen Ton, dass du hier warst.«

Flippi tobte. »Bist du verrückt? Wofür mach ich mir denn die ganze Arbeit? Du sagst natürlich: ›Das war Flippi.‹ Laut und deutlich. Lass da kein Missverständnis aufkommen. Verstanden?«

»Klar«, murmelte ich kleinlaut.

Flippi fragte streng nach: »Kann ich mich auf dich verlassen?«

»Absolut«, nickte ich.

»Gut«, meinte sie.

Als sie weg war, fiel mir erst auf, dass ich mir ja genau genommen wegen Flippi diesen Klassenzimmerarrest verordnet hatte und eigentlich allen

Grund gehabt hätte, sauer auf sie zu sein. Aber was machte ich dämliche Dampfnudel? Ich fügte mich kleinlaut ihren Anordnungen und versuchte sie nicht aufzuregen. Wie schafft dieses Kind das bloß immer? Na, auch egal.

Jedenfalls, der Grund für Lucillas hysterisches Gekreische war folgender: Flippi hatte aus Lucillas Federmäppchen alle Stifte entfernt und stattdessen fein säuberlich etwas anderes reingelegt: dicke fette Regenwürmer.

Igitt, wie eklig! Ich rief weisungsgemäß auch gleich, bevor irgendjemand fragen konnte: »Das war Flippi!«

Ich war sehr stolz auf mich und hoffte, dass Flippi auch stolz auf mich sein würde.

Lucilla meinte nämlich noch: »Oh mein Gott, das hätte ich ihr nie zugetraut, dass ist ja voll eklig und gemein.« Vokabeln, die Flippi sicher freuen würden.

Aber bevor ich mir später zu Hause mein Lob abholen konnte, stürmte Flippi bereits mein Zimmer und schrie: »Du bist dumm wie Sülze! Muss man dir denn alles genau erklären, kannst du nicht mal selbst 'ne Minute nachdenken, bevor du was tust?«

»Also hör mal, schrei hier nicht rum. Ich hab gute Nachrichten, es hat alles geklappt.«

»Nichts hat geklappt, du Nachteule! Ich hab 'ne gewaltige Strafarbeit aufgebrummt bekommen.

Eure Deutschlehrerin hat sich beschwert. Woher weiß die denn, dass ich es war?«

Jetzt war ich auch wütend. »Also jetzt schlägt's aber dreizehn! Du hattest mich ausdrücklich gebeten, laut und deutlich deinen Namen zu sagen …«

»Aber doch nicht vor der Lehrerin. Lucilla hättest du ihn sagen sollen!«, fiel mir Flippi ins Wort.

Dann knallte sie mir ihr Heft hin und meinte: »Die Strafarbeit machst du. Denn du bist an allem schuld. Es war deine dämliche Freundin und dein dämlicher Patzer.« Und damit ging sie.

Ich bin jetzt etwas verunsichert. Muss ich wirklich Flippis Strafarbeit machen?

Samstag, 16. Oktober

Ausgerechnet heute musste mich meine Mutter bitten, für sie einkaufen zu gehen. Nun ist die Gefahr zwar nicht besonders groß, dass ich Nils im Supermarkt treffe, aber ich hatte trotzdem Vorkehrungen getroffen, damit er mich nicht erkennt. Ich trug eine Faschingsperücke meiner Mutter und eine große dunkle Sonnenbrille. Kein Mensch würde mich dahinter vermuten.

»Hallo, Jojo«, rief unsere sehbehinderte achtzigjährige Nachbarin, als ich ihr auf der Straße begegnete. Von dem Moment an hatte ich leichte Zweifel, ob die Verkleidung gelungen war.

Es wäre auch fast alles gut gegangen und ich war schon wieder mit Einkaufstaschen beladen vor unserem Haus, als Nils aus unserer Haustür herauskam.

»Hey, da bist du ja!«, rief er. Dann schaute er mich an und meinte: »Wie siehst du denn aus?«

»Ich bin's nicht«, sagte ich versuchsweise.

Er nahm mir die Einkaufstaschen ab, trug sie hoch und meinte dann. »Wir müssen reden.«

»Auf gar keinen Fall!«, beharrte ich.

Er nahm mich beim Arm und führte mich wieder auf die Straße. Er war richtig nett. »Komm, ich lade dich zu einem Eis ein!«

Ich konnte nicht anders, ich musste mit.

Er schaute mich von der Seite an. »Kannst du vielleicht die Perücke abnehmen?«

»Damit du mich erkennst?«, sagte ich schnippisch. Er lachte.

In der Eisdiele war Gott sei Dank kein Mensch. Also, kein Mensch, den ich kannte. Die Hühner hatten offensichtlich ein neues Hauptquartier gefunden. Oder hatten, seit sie nicht mehr an Jojos Leben teilnahmen, keinen Gesprächsstoff mehr und damit einen Grund weniger, sich zu treffen. Gut so.

Nils setzte mich an einen Tisch und ging zur Theke, um Eis für uns zu bestellen.

Als er wiederkam, lächelte er mich etwas verlegen, aber richtig nett an.

»Ich werde alles abstreiten«, informierte ich ihn gleich.

Er nickte. »Kann ich mir vorstellen.«

Dann fing er an zu reden. »Als ich dich beim ersten Treffen der Schülerzeitung gesehen hab, fand ich dich ganz gut. Aber du warst so ätzend, dass ich dachte, du bist so 'ne Krawallbürste, die mit voller Absicht immer irgendwelchen Blödsinn verzapft. Ich hatte das Gefühl, du willst dich mit mir anlegen. Zwischendurch wurde ich dann unsicher, weil du gelegentlich auch mal richtig nett warst. Aber irgendwie hast du immer ein solches Chaos verbreitet, dass ich überzeugt war, das machst du extra, um mich auf die Palme zu bringen. Da war ich natürlich sauer. Obwohl ich dich immer noch irgendwie gut fand. Und inzwischen ist mir klar geworden, dass du gar nichts extra machst, sondern nur die einmalige Begabung hast, in jedes Fettnäpfchen zu treten. Ach, was sag ich, du liegst immer der Länge nach drin. Echt nicht zu fassen! Aber ich finde dich trotzdem gut. Du bist anders als die anderen, das gefällt mir. Außerdem siehst du ganz passabel aus.«

»Passabel?«, unterbrach ich ihn.

»›Annehmbar‹ bedeutet das«, erklärte er grinsend.

»Das weiß ich!«, schimpfte ich.

Der Kellner brachte unser Eis.

»Wie du mich findest, weiß ich ja von Tante Agathe«, meinte Nils und grinste noch breiter. »Und ich hab noch was gut bei dir. Eine Revanche sozusagen.«

»Was denn?«, fragte ich misstrauisch.

»Mach mal die Augen zu«, befahl Nils.

Ich tat es und dann merkte ich, was er mit Revanche meinte.

Es war himmlisch, ich konnte es nicht fassen: Da saß ich mit Nils in der Eisdiele und wir küssten uns.

Anschließend war ich etwas verlegen, widmete mich ganz meinem Eis und stopfte mir einen Riesenlöffel in den Mund.

Eine halbe Minute später schaute Nils mich entsetzt an und deutete auf mein Gesicht. »Wie siehst *du* denn aus?«

Verdammtes Himbeereis!

Bei Thienemann von Hortense Ullrich
bereits u. a. erschienen:

Hexen küsst man nicht (1)
Liebeskummer lohnt sich (2)
Doppelt geküsst hält besser (3)
Liebe macht blond (4)
Wer zuletzt küsst ... (5)
Und wer liebt mich? (6)
Ein Kuss kommt selten allein (7)
Flippis geheimes Tagebuch – Chaos im Gruselpark

Ullrich, Hortense:
Doppelt geküsst hält besser
ISBN 3 522 17377 5

Reihengestaltung: Birgit Schössow
Einbandillustration: Birgit Schössow
Texttypografie: Marlis Killermann
Schrift: ITC New Baskerville und Smudger
Satz: KCS GmbH, Buchholz/Hamburg
Reproduktion: Die Repro, Tamm
Druck und Bindung: Friedrich Pustet, Regensburg

8 7 6 5* 03 04 05

Thienemann im Internet: www.thienemann.de